Gabriel ist äußerst schlecht gelaunt heute morgen.
Seine Gedanken sind rabenschwarz.

«Kaffee, Gabriel?» begrüßt ihn Gérard im Pied de Porc. «Einen Dreifachen und ordentlich stark», antwortet Pulp und tut, als zittere er vor Kälte.

Lucio Mad

PULP

DAKAR RAP

WUNDERLICH TASCHENBUCH

Deutsch von Martin Baltes

Für Amadou «Pape» Diouf und seine Familie,
In Cité Marguery, Derklé, Dakar,
Von ganzem Herzen
Und für alle,
Die glauben, sich in diesem Buch wiederzufinden.

Ein besonderer Dank an
Babacar Kébé für seine unschätzbare Hilfe.
Der Übersetzer

Deutsche Erstausgabe
Veröffentlicht im Rowohlt Taschenbuch Verlag
GmbH, Reinbek bei Hamburg, Juni 1999

Redaktion Juliane Kraus
Umschlaggestaltung Tandem Design
(Illustration: Miles Hyman, © by Éditions Baleine)
Copyright © der Illustrationen der Seiten
1 bis 4 by Roland Reznicek
Autorenfoto Copyright © by ARMEN / Éditions Baleine
Bildseitengestaltung und Typografie
Karen Kollmetz & Daniel Sauthoff
Satz Poliphilus PostScript (PageOne)
Gesamtherstellung Clausen & Bosse, Leck
Printed in Germany
ISBN 3 499 26171 5

1

DAKAR, MONACO PLAGE.

Der Dancefloor tobt.

Auf der Bühne hauen die Rapper Laurent Mamadi und Phil-I-Jay die Worte in Stücke. Aber in Wolof, bitte schön, einer der Landessprachen des Senegal. Die Tänzer klatschen den Beat und hüpfen im Takt! Mamadi und Phil-I heizen den Leuten kräftig ein. Sie lassen es gut abgehen, die Meister der Energie, die Könige der Show. Sie sind *Total African Groove*. Und heute überbieten sie sich selbst.

Backstage. Ihr Manager, Clovis Mendy, freut sich. Sieht ganz danach aus, als hätte er recht behalten: Er wußte, daß es funktionieren würde, der afrikanischen Szene den Rap vorzustellen, die traditionelle afrikanische Musik mit den fetten Beats aus dem Westen zu verschmelzen. Fusion! Aber das ist noch nicht alles. Clovis will hoch hinaus, ganz hoch. Die Frage, wo der Hiphop herkommt, Ostküste oder Westküste, die würde sich glatt erledigen. O Mann, ja, Hiphop kommt schließlich aus Afrika. So ist das. Auch wenn's den Amis gar nicht paßt, mit ihrem Showbizz und den mächtigen Produzenten, die keine Skrupel und kein Herz haben, aber viel zu viel Kohle …

Vier Jahre hatten sie sich angestrengt, hatten wie die Blöden geschuftet, alle Höhen und Tiefen des Geschäfts kennengelernt, immer wieder alles in Frage gestellt, dazu Proben ohne Ende – nur um es allen zu beweisen. Und heute – zu guter Letzt – ist Total African Groove endlich am Ziel. Die Band ist reif für den Weltmarkt.

Clovis ist gerade mal fünfundzwanzig, groß und

schlaksig, immer locker, zufrieden. Das Leben macht ihm riesigen Spaß, es ist schön. Schon seit der Grundschule sind sie Freunde: Laurent Mamadi, Phil-I-Jay und er. Ja, Total African Groove ist echte vereinte, geballte Kraft.

• • •

O. Chiminh macht es sich bequem.

«Gib mir mal den Joint», sagte er zu X2N. «Laß mich meine Lungen füllen mit diesem namenlosen, göttlichen Zeug», schwelgt er entzückt, als sei er ein diplomierter Testraucher, der beim Konsum dieses edlen Stoffs vom Gourmet zum Gourmand wird. Seine Augen leuchten vor Gier und Glückseligkeit, und seine Pupillen kommen und gehen. Mal sind sie mikroskopisch klein, dann wieder so groß, als würden sie jeden Moment seine Iris sprengen. Er starrt in ein Kaleidoskop aus Farben und Tönen – und sieht: deren Innenleben.

Keine hundert Meter entfernt rapt noch immer die Band. Die funky Beats dröhnen zu ihnen rüber.

«Doch, doch», widerspricht ihm kichernd X2N «Die Kostbarkeit hat einen Namen. Sie heißt GRAS! Baks, Yamba, das Echte, das Beste, nicht dieser manipulierte Skunk, den man uns in Paris andreht und der einen zum Zombie macht, und auch kein parfümierter Paraffindreck, den wir sonst quarzen und der einem den Magen auffrißt, statt beim Verdauen zu helfen, was er eigentlich sollte», schreit er und lacht, der weise X2N.

«Wie wahr, wie wahr, Mann», meint O. voller Bewunderung. Er ist wirklich beeindruckt von den Worten seines Freundes. «Bleibt mir nur eins zu sagen: «Vive la Ganja, made in Afrika», grölt er und krümmt sich vor Lachen, dem typischen und immer gleichen Lachen des magischen Krautes seit Anbeginn der Zeit. Ja, dieses

Lachen, das war älter als Baudelaire, älter als sein Freund Gautier, auch Reggae gab's damals noch nicht. Seit Jahrtausenden schon – um genau zu sein – benebelt Yamba unseren Geist mit all unseren wahren Gelüsten.

O. Chiminh beherrscht wirklich die Kunst zu relaxen. Er ist ein wahrer Meister darin, und er hat diese Kunst auch X2 beigebracht: auf den Champs-Élysées, der Via Romana, dem Newskij Prospekt, der Fifth Avenue, dem Boulevard François-Mitterand, der Rue Mohammed V und auf der Autobahn, die direkt in den Himmel der künstlichen Träume führt.

Aus den Fingern von X2 kommt die frisch gerollte, pure, nicht mit Tabak verschnittene Marihuana-Zigarette zurück zu O … Kräftig und ohne zu zögern zieht er daran – für den totalen Genuß. Der dunkelgrüne Rauch schwebt in der Atmosphäre. Die beiden Freunde sind ziemlich stoned und einfach nur glücklich.

Sie haben auch allen Anlaß. O. und X2 sind für einen Moment vom Konzert weg, raus an die frische Luft gegangen, an den Strand, um ein Uhr nachts. Mit dem Mond im Hintergrund sieht das Meer wie eine Kitschpostkarte aus, die man nach Hause schickt, um seine Freunde zu ärgern. Sterne über Sterne, dahinter ein riesiger Himmel, der den Sand beleuchtet und das perfekte Wasser zum Schimmern bringt. Kleine Wellen schlagen mit leichtem Klatschen ans Ufer. Sie lassen sich Zeit, an Land zu kommen, hinwegzudämmern, zu sterben. Es ist angenehm warm, so um die zwanzig Grad, eine sanfte Brise weht unseren Freunden über Arme und Gesicht und ins Herz hinein – vor lauter Freude könnte man glatt verrückt werden. 24. November. Eine Winternacht in den Tropen, eine Winternacht im Senegal, wo man keinen Winter kennt.

O. Chiminh und X2N (X und N sind Vor- und

Nachname, «Deux/Zwei» steht für das ‹de› des belgischen Adels wie bei den Radrennfahrern Fons de Wolf oder Dirk de Mol), also die beiden sind Journalist respektive Fotoreporter, spezialisiert auf Musik (Acid Hip Hop, Techno-Jazz, Hard-Rap, Trip-Funk usw.). Sie stehen voll auf den kompromißlosen Stil à la Doktor Gonzo, «immer bis zum Anschlag». Ihren Auftrag haben sie so gut wie abgeschlossen. Zehn Tage lang haben sie die Rap-Formation Total African Groove bei der Vorstellung ihres neuen Albums begleitet. Morgen werden sie Dakar verlassen. Frisch gebräunt und glücklich können sich die beiden ganz gut zu Hause sehen lassen. Voller Energie werden sie in Roissy aussteigen, direkt in die Redaktion eilen und Freunde und Kollegen vor Neid erblassen lassen, mit der freien Schilderung ihrer Abenteuer …

… und dem Klang des Konzerts, ihres letzten Konzerts in Dakar, das von dort drüben noch immer in ihre Ohren dröhnt.

• • •

Backstage.

Clovis klatscht in die Hände, feuert seine Jungs an, singt mit. Plötzlich …

«Sst …»

Er dreht sich um.

«Clovis?»

Zwei Männer – gepflegte Leinenanzüge, Seiden-T-Shirts, Einstecktücher in den Brusttaschen – kommen auf ihn zu. Clovis erkennt sie sofort. Er setzt sein großes Grinsen auf. Die Lautstärke hinter der Bühne ist ohrenbetäubend, doch es beginnt eine Diskussion, hin und her, vor und zurück und im Kreis. Die drei Männer stehen so eng beieinander, daß sie nur einen gemeinsamen

Schatten haben, und sie schreien sich förmlich in die Ohrmuscheln. Plötzlich ist Clovis' Lächeln verschwunden.

• • •

Monaco Plage, Dakar.

Das Paradies! Monaco Plage, Total African Groove und ihr phantastischer Rap! Der Sand an den Schenkeln ist so weich! Und am Ende des Meers, hinter dem Horizont, da liegt Amerika. O. Chiminh und X2N dehnen diesen einzigartigen Moment zu einer Ewigkeit. Morgen ist ein anderer Tag. Jetzt zählt nur eins: in diesem Augenblick zu leben, und das so lange wie möglich.

Die beiden krümmen sich vor Lachen und fackeln den fünften Joint ab, falls es der fünfte ist – und nicht schon der sechste oder siebte. Oder gar der fünfzehnte? Kein Mensch könnte behaupten, die genaue Anzahl der speziellen Selbstgedrehten zu kennen, die seit dem frühen Abend vom einen zum anderen gewandert sind.

«Das muß alles noch weg, bevor's hell wird. Wir lassen auf keinen Fall auch nur einen Krümel zurück», verkündet O. völlig überdreht und beginnt, ein noch ziemlich pralles Päckchen zu öffnen. Er zerbröselt die getrockneten Blätter, sortiert die Samen aus, rollt ein Stück Karton zu einem Filter und fängt mit Sorgfalt an, den nächsten Joint zu bauen. Unvorstellbar, daß er je damit aufhören könnte, sich vollzudröhnen.

X2N, dessen Bewußtsein schon Feierabend gemacht hat, wird sogar das Sitzen zuviel, dabei wirkt er, breitschultrig und muskulös, wie er nun mal ist, als könnte er eine Menge vertragen. Aber X2N ist geschlagen, er streckt sich auf dem Strand aus, Beine und Arme wie abgeschraubt, Schädel in voller Umdrehung, den Blick restlos verhangen. Der Lärm des Konzerts pulsiert wie ein Jahrmarkt durch seinen Kopf, M'balax-Rap und afrikanischer Funk, die ihn die ganze Nacht beflügelt haben, der Baß, der die ganze Zeit gehämmert hat, die wilde Perkussion, die von Mikros verzerrten Worte. Total African Groove, sie stehen tatsächlich kurz vor dem Durchbruch! X2N lächelt, dann dämmert er weg.

• • •

Immer noch Backstage, gestikuliert Clovis jetzt heftig. Die beiden Männer haben ihn in der Zange.

Plötzlich fliegt die Sicherung raus. Ein großer Knall, und alles verlischt und verstummt. Passiert immer wieder. Überspannung oder was weiß ich für 'ne Scheiße bei diesen Elektroinstallationen nach dem Prinzip «Gottvertrauen». Schwarz. Vorhang. Aus. Man geht nach Hause. Kann man nichts machen. Kein Licht, kein Ton mehr, nur noch das Murmeln und Stöhnen der vielen Menschen, die das abrupte Ende nicht glauben wollen.

• • •

Auch O. Chiminh und X2N lassen ein enttäuschtes ‹Oh› hören. Die Wirklichkeit hat sie eingeholt, ihre Gedanken werden etwas klarer. Wieviel Uhr ist es eigentlich? Sie haben das Zeitgefühl völlig verloren. Sie sind überzeugt, daß ihre Armbanduhren nur Blödsinn verzapfen, und amüsieren sich darüber. Die Erinnerungen an die zurückliegende Woche verschwimmen, all die Discotheken, in denen sie die Nächte nonstop durchgetanzt haben, all die Partys, die sie mit ihrer zauberhaften Anwesenheit beglückt hatten, all die schönen Frauen auf den Straßen, all die neuen Freunde, Musiker, Tänzer, Sänger, Rapper, Laurent Mamadi, Phil-I-Jay, Clovis, die sie hier so absolut supermäßig aufgenommen haben …

«Also, auf nach Dakar», ruft O., und seine Stimme kommt ihm selbst unendlich fern vor.

Noch nie war die Bilanz ihrer Busineßferien positiver. So selten – viel zu selten! – sind die Momente, in denen man sich unverletzlich fühlt, unsterblich, rundum glücklich und eins mit den Elementen!

O. Chiminh und X2N sind zwei verdammte Glückspilze, das muß man schon sagen.

«Wäre vielleicht ganz gut, allmählich ins *Tringa* zurückzugondeln. Kurz unter die Dusche springen, unsern Scheiß zusammenpacken, die Karre abgeben ... He, X2, drück drauf, du Schlappsack. Auf geht's!»

O. erhebt sich schwankend, schafft es aber, auf den Beinen zu bleiben. Er ist berühmt dafür, immer den Kurs zu halten. Noch nie hat er die Orientierung verloren, selbst nicht, als er vor Jahren in Moskau, damals noch die makellose Hauptstadt des Sowjetimperiums, ganz alleine ein doppeltes Faß Wodka gekippt hatte. Kein magisches Gras, so phantastisch es auch sein mag, kann ihn wirklich einschüchtern, ihm das Hirn wegpusten, den Magen umdrehen oder die Leber zum Streiken bringen. Aber da ...

Es ist das Gebrüll von X2N, der auf ihn zugehüpft kommt und diese durchdringenden Schreie ausstößt.

Ein großes, locker verschnürtes Paket wird an den Strand bis vor seine Füße geschwemmt. O. taumelt über den feuchten Sand, beugt sich zitternd darüber.

«Scheiße, das is' 'ne Leiche», brabbelt er.

Der nasse Körper hebt und senkt sich mit dem Kommen und Gehen der Wellen. Obwohl O. Chiminh jetzt schon fast kotzt, dreht er ihn mutig mit der Spitze seiner Sandale um. Der Kopf des Toten hängt nur noch an einem Fetzen Fleisch, wie an einem Streifen Rohkautschuk. Blut sickert aus der klaffenden Kehle und vermischt sich mit dem salzigen Meerwasser. Man muß ihm die Kehle mit einem Metzgermesser durchgeschnitten haben. O. ist weiß wie ein Leintuch, er kennt den Toten. Es ist Clovis Mendy, der Manager von Total African Groove. Clovis, ihr Gastgeber, ihr Kumpel, ihr bester Freund hier …

Von Krämpfen geschüttelt, die Hände auf den Magen gepreßt, kotzen O. Chiminh und X2N in die tropische Vegetation, was das Zeug hält. Da glaubt man, man ist im Paradies, fern von allen Gefahren, denen man auf diesem verrückten Planeten ausgesetzt ist, am schönsten Ort des ganzen Universums, in Frieden und Harmonie unter dem Sternenzelt, weit ab von der Welt …

2

DAKAR RAP

PARIS, AVENUE LEDRU-ROLLIN. Eine ekelhafte Suppe, in der Paris heute schwimmt. Sacht mischt sich Schnee in den Novembernebel, der dadurch um keine Spur heller wird. Alle möglichen Moderichtungen haben sich die Pariser in Schichten übereinander gezogen und frieren sich trotzdem die Eier ab. In den Bistros fluchen sie über die Kälte und saufen einen Aperitif nach dem anderen. Man kann das verstehen. Es ist grau in Paris, grau und kalt, die Luftverschmutzung ist ätzend. Die Pariser sind es einfach tödlich leid. Es ödet sie an, zutiefst, und das macht sie nervös und gewalttätig.

Avenue Ledru-Rollin, noch nicht mal halb neun morgens, mitten im Winter. Wird es überhaupt irgendwann hell? Der Himmel hängt tief. Die Luft beißt und stinkt, man sieht praktisch nichts. Unter solchen Umständen zu leben ist wirklich nicht besonders lustig. Überall Autos in rasender Hetze. Von den übervollen 76er und 86er Bussen zur Weißglut gebracht, hupen die Fahrer und treten aufs Gas, daß sich die Bodenbleche biegen. Schnellstens nach Saint-Germain-des-Prés oder nach Louvre-Rivoli. Das ganz normale Pariser Chaos: Lärm, dieses ewige Grau, die Scheiße auf den Gehsteigen, spiegelglatt, heimtückisch. Spuckende, qualmende Auspuffrohre, die tödliche Umweltgifte ablassen.

An der Ecke Faubourg St. Antoine und Avenue Ledru-Rollin öffnet gerade *Monoprix* seine Türen, und gehetzte Hausfrauen quetschen sich mit ruppigen Ellenbogen durch den Eingang. Ein Wachmann mit enormen Körpermaßen, mehr eine anthropomorphe Bulldogge und für die Sicherheit des Kaufhauses zuständig, fängt inmitten der Menschenlawine zu winseln an.

Am stinkenden Ausgang der Metro – wahrlich kein Ort für Palmen –, das *Café du Palmier*, wo sich grünliche Menschen doppelte Espressi einflößen und auch nicht wenige schon das erste Bier. Der *Burger King* auf der anderen Straßenseite zwingt dem ganzen Viertel seinen unerträglichen Mief von fettigen Fritten und Hamburgern zweifelhafter Qualität auf.

Um den Wahnsinn perfekt zu machen (die Métro Balard-Créteil ist immer noch gesperrt; morgen oder übermorgen soll sie wieder offen sein) steht ein lächerlicher Flic – zur Verkehrsunterstützung, wie man so schön sagt – auf der Kreuzung und versucht das Chaos zu ordnen. Er fuchtelt in alle Richtungen, pfeift, daß es noch im letzten Winkel des Schlachtfeldes zu hören ist, ohne dabei auch nur den geringsten Einfluß auf die Ereignisse zu nehmen. Auch so ein Pariser Klassiker. Von allen Seiten beschimpfen ihn die Autofahrer wüst mit allen erdenklichen Tiernamen. Klar würden sie in einer Mischung aus Wut und Lust auch über ihn drüberfahren, wenn er in seiner Blechtonne nicht so gut geschützt wäre. Auch die Fußgänger machen sich über ihn lustig und schreien ihm in allen Tonlagen entgegen, was sie von ihm halten –

ohne Gnade. Selbst die Kinder spielen schon mit, einige nicht mal vier Jahre alt, und machen die Großen perfekt nach.

Am Abend, wenn der Flic nach Hause geht, in sein Wohnklo im Wohnsilo am Stadtrand, in Bobigny oder so, liegen seine Nerven blank. Er ist am Ende – nicht nur am Ende seines Tages. Zuerst schlägt er seine Frau, ziemlich schlimm, danach die verängstigten Kinder. Und anschließend bringt er sich um. Einfach so. Er stürzt sich aus dem Fenster oder dreht das Gas in der kleinen, beschissenen Küche auf. Vielleicht richtet er auch die Dienstwaffe gegen sich, nachdem er ein paar Nachbarn als Geiseln genommen und die Leute vom Sozialdienst bedroht hat, die tatsächlich aufgetaucht sind, um ihn wieder zur Besinnung zu bringen. Um zu sterben, hat der kleine Bulle nur die Qual der Wahl, welche Waffe er nehmen soll, um diese Idiotie hinter sich zu lassen. Für immer.

Gabriel ist äußerst schlecht gelaunt heute morgen. Seine Gedanken sind rabenschwarz.

Natürlich liebt Gabriel Paris, sein Paris, ja, er liebt es sogar abgöttisch und kann sich gar nicht vorstellen, woanders zu leben als hier, im Herzen dieser Stadt. Und doch fühlt er sich manchmal matt und beengt, als würde er langsam ersticken. Es wird ihm unerträglich, immer diese verpestete Luft zu atmen, bis die Lungen streiken, und den Gestank all der Abgase zu riechen, von denen eines giftiger ist als das andere. Dabei ist Gabriel kein Öko, nicht ein bißchen, und ob irgendwo Bäume rumstehen oder nicht, ist ihm schweißegal. Beton, Regen und Asphalt, das ist die Welt, in der er groß geworden ist. Nein, heute liegt es einfach daran, daß er zu früh aufgestanden ist. Er kriecht lieber erst gegen zehn Uhr aus den Federn, oder besser noch gegen Mittag, ja, Punkt zwölf, das hält er für eine christliche Zeit, um den Tag zu beginnen. Aber acht Uhr morgens! Eine Zeit für Übermenschen, Zuchthäusler und solche, die ihr Leben lang nichts als arbeiten! Gabriel verabscheut es zu arbeiten. Dieses klare und schlichte Gefühl gehört zu jenen anarchistischen Überzeugungen, die er sich aus seiner Jugend bewahrt hat. Die Befreiung vom Joch der Arbeit steht immer noch ganz oben auf seiner Liste revolutionärer Forderungen. Tod der Arbeit! Nieder mit der Sklaverei für ein paar lausige Francs! Das ist Gabriels Überzeugung, die er lautstark vertritt, mit Leib und Seele verficht und an die er sich auch selber hält. Die Abschaffung der Arbeit – das ist wenigstens mal ein politisches Ziel.

Gabriel hatte heute morgen keinen, aber auch gar keinen Grund, so früh aufzustehen. Vielleicht trieb ihn die Vorahnung eines neuen Abenteuers auf die Straße. Und so stapft er nun die Avenue Ledru-Rollin hinauf in Richtung der Place Léon Blum, dem Platz mit dem so wohlklingenden Namen. Gabriel denkt und denkt dabei an nichts, träumt, kaum aus dem Traum erwacht, während ihm der Regen aufs Haupt fällt – ein beschissener, hinterhältiger Regen, der vor einer halben Stunde noch als Schnee dahergekommen war.

«Kaffee, Gabriel?» begrüßt ihn Gérard im *Pied de Porc*.

«Einen Dreifachen, meinst du wohl, und ordentlich stark», antwortet er immer noch mißmutig und tut, als zittere er vor Kälte.

Gabriel zieht seine verwaschene, blaue Kappe der Utah Jazz noch tiefer ins Gesicht. Malone, Hornacek, John Stockton (der kleine Weiße des Dream Team III),

Spencer und Morris, sie alle spielen da. Und die fünf sind der harte Kern eines Teams, das sich in der NBA gut schlägt. In Salt Lake City trifft man eben nicht nur Mormonen, sondern auch über zwei Meter große schwarze Basketballstars.

«So 'n Scheißwetter!» verkündet Gérard mindestens zum dreißigsten Mal, seit er sein Café heute morgen aufgesperrt hat.

«So 'n Scheißwetter!» Ganz Paris führt den Satz im Mund. Das scheußliche Wetter ist alles, was sie beschäftigt, der Rest ist ihnen scheißegal. «Scheißwetter!» sagen sie, um in den Geschäften, Büros und Kneipen ein Gespräch in Gang zu halten. «Scheißwetter!» statt guten Tag und danke oder wenn sie ein Päckchen Zigaretten kaufen oder ein Steak und ein Glas Sauvignon bestellen. «Schweißwetter!» sagen sie, wenn sie ins Klo kotzen, bis die Schüssel überläuft, um dann drauf zu scheißen. Gabriel glaubt heute morgen an gar nichts mehr.

«He, Gérard, dreh bitte mal den *Parisien* und die *Equipe* so, daß ich wenigstens sehe, was mit PSG los ist.»

«Die holen den Europapokal, das kannst du mir glauben», ruft der alte Lucien vom anderen Ende der Bar.

Er zwinkert Gabriel mit glasigen Augen zu, kommt ihm entgegengewankt und bricht sozusagen auf ihm zusammen. Lucien hat bereits ein paar Biere und Weine intus. Pulp richtet ihn, so gut er kann, wieder auf und klopft ihm auf die Schulter. «PSG ... die holen ihn, den ...» bringt Lucien gerade noch heraus. Der alte Lucien ist eine Art Prophet. Sogar ein sehr guter, denn er kann besonders weit in die Zukunft blicken.

«Dein Wunsch ist mir Befehl, der Kunde ist König», sagt Gérard leicht gereizt, stellt den schwarzen, zähflüssigen Kaffee vor Gabriel ab und wirft ihm die zerfledderten Zeitungen hin.

«Mach dich bloß nicht lustig über mich, Gérard, das kann ich nicht haben.»

Pulp geht heute morgen ziemlich schnell an die Decke, das ist ungewöhnlich.

«Na, na, du brauchst mich nicht gleich anzumachen», erwidert Gérard. «Das fehlt gerade noch! Was ist eigentlich los? Hast du die Nacht bei 'ner häßlichen Nutte verbracht, die dir in den Schwanz gebissen hat, oder was?»

Glücklicherweise mischt sich Maria ein, Gérards Frau.

«Also wirklich, jetzt reicht's! Gérard, Gabriel, ihr führt euch auf wie zwei dumme, zänkische Schuljungen in der Pause. Ihr verderbt mir noch den ganzen Tag», sagt sie mit der ihr eigenen Diskretion und dem gußeisernen Charme ihres katalanischen Akzents.

«Ist ja gut, Maria, du hast recht», lenkt Gabriel ein. «Es ist idiotisch, entschuldige, aber ich bin heute nicht gut drauf, mein Fehler.»

«Also gut, vergessen wir's», sagt Gérard, auch schon viel friedfertiger.

Marias Eingreifen hat Gabriel besänftigt, und für einen Moment hat er seine morgendliche Depression vergessen.

«Hast du das gelesen, Gabriel?» fährt Gérard fort, «Selbstmordepidemie bei der Verkehrspolizei. Die Streiks, die wahnsinnigen Staus, das halten die Jungs nicht mehr aus», analysiert er mit wissenschaftlicher Präzision.

Gabriel schlürft seinen Kaffee und raschelt lautstark mit dem *Parisien*.

«Ich weiß nicht recht, ob ich mich über den Tod von ein paar beknackten Flics freuen soll. Aber heulen oder Mitleid empfinden kann ich auch nicht. Flic bleibt Flic.»

«Aber du mußt mal den tieferen Sinn begreifen: Straßenverkehr ist der reinste Selbstmord», schlußfolgert Gérard.

Draußen hört man wie zur Bestätigung ein höllisches Hupen, Heulen und Getöse – völlig normal für diese Uhrzeit in Paris.

«Genau, den muß man erst mal begreifen», meint Gabriel, die beiden Freunde müssen lachen und sind wieder versöhnt. Ein altes Einverständnis zweiten Grades.

Das Telefon klingelt. Léon, der schizophrene Schäferhund, dessen abgeschabtes Fell an einen alten Teppich erinnert, bellt, brüllt und fiept – er versucht zu sprechen. Der dumme Hund hält sich für einen Menschen. Maria nimmt ab.

«Gabriel, für dich», ruft sie.

«Für mich?» Gabriel ist überrascht. Es kommt nicht sehr oft vor, daß man ihn «Zu Hause» anruft.

Pulp streckt die langen Arme aus und trennt sich seufzend von seiner inzwischen mit zwei Croissants verzierten Kaffeelektüre.

«Beeil dich», meckert Maria, «sonst legt dein Anrufer wieder auf.»

Gabriel stützt sich auf die Bar und ergreift den Hörer ohne allzu große Neugier oder Aufregung, aber doch verwundert.

«Pulp? Persönlich?» hört er die Stimme am anderen Ende fragen.

«Derselbe», bestätigt Gabriel, während er sich alle Mühe gibt, zu dieser Stimme, die ihm nicht unbekannt ist, einen Namen zu finden.

«O. Chiminh am Apparat.»

«O. Chiminh? Das ist ja ’n Ding! Muß ’ne Ewigkeit her sein, Alter. Was macht die Revolution?»

«Oh, der geht’s sehr gut. Und sehr schlecht, wenn du’s genau wissen willst.»

«Mach schon, natürlich will ich's genau wissen», drängt ihn Gabriel. «Los! Erzähle mir ALLES.»

21

Ein Anruf von O. Chiminh, das ist wirklich nicht alltäglich. Dafür muß es einen *echten* Grund geben. O. verschwendet keine Zeit.

O. Chiminh kenne ich seit meiner Kindheit. Er ist einer dieser Freunde aus der Schulzeit, die einem immer wieder über den Weg laufen. Aus irgendeinem x-beliebigen Grund verschwindet er für ein paar Jahre – und auch ich, Gabriel Lecouvreur, genannt Pulp, aus Lust und Laune wohnsitzlos und ohne Arbeit, bin wahrhaftig nicht immer leicht ausfindig zu machen –, um dann plötzlich und unerwartet wiederaufzutauchen, ganz unverändert und so vertraut, als hätten wir uns gestern erst gesehen.

O. Chiminh, hinter diesem unscheinbaren, aber doch revolutionären Namen verbirgt sich, ohne sich wirklich zu verbergen, der berühmte Chefredakteur eines berühmten Hiphop-Magazins. Was sag ich berühmt? Es ist die Bibel! Die Bibel? Nein, der Koran! Ja, die erste und einzige Wahrheit über die internationale und universelle Welt des Rap.

O. Chiminh ist stolz auf seinen kompromißlosen roten Guerillero-Namen. In seinen bissigen, antikapitalistischen Artikeln hält er mit viel Glück und Einsatz die Stellung. Tja, O. ist nicht umsonst als Großneffe eines bekannten Mitbegründers der kommunistischen Partei Frankreichs und frühen Widerstandskämpfers geboren worden. O. Chiminh, da versteht man wahrhaftig, daß der gesamte Vietcong in seinen Adern fließt.

«Ich komme gerade aus Dakar», verkündet er am Telefon.

Der Drecksack.

«Herzlichen Glückwunsch!»

Der Hiphop in all seinen Spielarten, das ist O. Chiminhs Metier. Darin ist er unschlagbar, und wegen seines unermeßlichen Wissens in diesem Bereich reist er ständig durch die Welt, mit fetter Gage und in ständiger Begleitung seines Partners X2N – ein Fotograf, der sich auf jede neue Schwingung bestens einstellen kann. Die zwei sind ein Team. Sie machen Reportagen über neue Alben, Konzerte, Festivals und Underground-Events. Sie interviewen und fotografieren jeden Dancefloor des Planeten, ob in East-Flatbush, Brooklyn, in Kingston, Jamaika, oder in Watts, L. A. Sie sind an den Stränden der Kleinen Antillen und in Brasilien. O. Chiminh, gerade zurück aus Afrika? Nichts Besonderes.

«Ich hab was für dich. Und zwar was, das mir sehr am Herzen liegt und über das sicher nichts im *Parisien* steht, solange die noch keine senegalesische Lokalseite haben.»

Und dann hetzt mich O. durch die Geschichte *Dakar – zehn Tage im Paradies*, nichts als Delirium und Wahnsinn ... Total African Groove, Laurent Mamadi und Phil-I-Jay, die zwei Rapper, ihr Manager Clovis Mendy, der letzte Abend ... der Stromausfall, Clovis ermordet ... Ja, die Kehle durchgeschnitten! Die Interessen, die dabei im Spiel sind. Der Schlag für den afrikanischen Rap, *die* Quelle der Inspiration für die neuesten Trends im Hiphop ...

Ich verstehe so gut wie gar nichts, aber was soll's, warum nicht? Der Senegal bringt einen zum Träumen, oder etwa nicht? Ich unterbreche seinen rasenden Redefluß und frage ihn mit leicht ironischem Unterton:

«Okay, und ich, was soll ich in dieser Geschichte?»

Man könnte fast meinen, Jim Phelps zu hören und seine weißen Haare zu sehen.

«Sei nicht so zynisch, Pulp», sagt O. «Das paßt nicht

zu dir. Du wirst schon sehen, diese Geschichte wird dich fesseln. Ich kenn dich doch. Also paß auf. Konkret.» O. Chiminh ist manchmal fast zwanghaft direkt. «Flüge nach Dakar gibt es jeden Tag, für weniger als 2000 Francs, wenn du bei Nouvelles Frontières buchst. Das müßtest du dir doch leisten können? Sonst kann ich dir auch die Hälfte leihen», schlägt er mir freundlicherweise vor.

«Nein, das geht schon, danke, 2000, das geht! Noch 'n bißchen Zeit zum Organisieren, und in drei, vier Tagen bin ich im Senegal.»

«Na bitte, das ist doch mal 'ne Entscheidung. Kennst du dich da unten aus?»

«Nee, war noch nie in Afrika», gestehe ich.

«In Dakar nimmst du mit Pape Kontakt auf, unter der Nummer 00221253274. Der ist eigentlich immer zu Hause. Egal zu welcher Tages- oder Nachtzeit, du störst ihn bestimmt nie. Er wird sich um alles kümmern. Er kann dich rumführen, übersetzen, er kennt die Leute, er wird dir bei allem helfen, garantiert. Ein witziger Typ, intelligent und doch ruhig und diskret. Pape ist echt zuverlässig.»

Wenn O. das sagt.

O. Chiminh hat an alles gedacht. Scheiße aber auch! Er zählt wirklich auf mich. Ich werfe einen Blick auf die Straße. Selbst wenn das Wetter nicht so oberbeschissen wäre, könnte ich mich kaum drücken.

«Okay, mein lieber O. ...»

Ich will ihn noch nach ein paar Einzelheiten fragen, aber er läßt mir keine Zeit. Er ist hektisch und völlig im Streß.

«Es klingelt auf zwei anderen Leitungen, wir sehen uns, wenn du wieder da bist. Gute Reise.» Und damit legt er auf.

Solche Tage gibt es immer wieder: Erst findet man den Tag beschissen, dann ganz gut und etwas später schon wieder total beschissen. Schließlich entscheidet man sich für «es geht so», zumindest mehr oder weniger. Und am Abend weiß man nicht mehr, ob es ein guter oder ein schlechter Tag gewesen ist.

3

DAKAR RAP

ICH STEHE AUF ÜBERRASCHUNGEN BEIM Sex, und Cheryl weiß das nur zu gut. Sie kennt mich, meine Vorlieben und meine schwachsinnigen Begierden. Und – Glück, Zufall oder einfach nur kein Wunder – wir haben die gleichen Phantasien. Vielleicht, nein, sogar ganz sicher sind wir aus diesem (guten) Grund noch zusammen, bin ich nach all den Jahren noch immer willkommen. Cheryl und ich verstehen uns prächtig im Bett, und bald feiern wir den zwanzigsten Geburtstag unseres Liebeslebens – und das alles ohne ... Tabus.

«Bonjour, mein Süßer», sagt sie und öffnet mir selbstbewußt die Wohnungstür. «Na, wie findest du mich heute?»

Mir läuft das Wasser im Mund zusammen. Ich verschlucke mich daran, bekomme sofort einen Ständer und stottere: «Das ist wirklich ... sublim.»

Cheryl ist wunderbar, eine Göttin in rosa Latex. Ihre Titten ragen wie zwei harte und spitze Bonbons aus dem offenen BH. Die Strumpfhalter und das von allen Seiten geschlitzte Höschen sind eine direkte Einladung, sie zu lecken und zu penetrieren. Sie balanciert auf überdimensionalen Absätzen, und an den Fußknöcheln trägt sie nietenbesetzte Halsbänder für Hunde (oder eher für Hündinnen) – auch sie sind rosa. Ihr Auftritt ist so selbstverständlich wie der von Tina Turner, die auf die Bühne kommt und drei Stunden durchtanzen wird. Die neuen Sachen, sehr trendy, verleihen Cheryl eine höchst erotische Ausstrahlung. Oh, wie der Stoff an diesem Körper klebt, an dieser Göttin der Sinne. Ich werde gleich ohnmächtig vor Erregung, ja, und vor roher Lust. Ich ziehe sie an mich und raune ihr zahllose Wörter der schlimmsten und unanständigsten Sorte ins Ohr.

Sie sperrt Augen und Mund auf, sie lacht. Ich weiß, wie sehr sie das mag. Cheryl springt aufs Bett, federt auf und ab, läßt sich auf den Rücken fallen, küßt das Kopfkissen, spreizt die Schenkel und streichelt ihre Brüste. Ein glückliches Lächeln huscht über ihr Gesicht. Das glühende Verlangen gehört zu Cheryl wie die Stollen zum Fußballschuh.

«So, und was machen wir *jetzt*?» fragt sie mich anzüglich und wickelt sich in ihre rosa Satin-Bettwäsche, die an den Rändern kanariengelb verziert ist.

«Genau das, was du willst, Süße! Von vorne, von hinten, und falls du deine kleinen Spielsachen herausholst (ich habe ja schon erzählt, daß wir so unsere Phantasien haben), nehm ich dich von beiden Seiten gleichzeitig.»

«O ja! O ja!» heult sie auf.

Ich liebe Cheryl.

Die Lust beim Sex macht es Männern und Frauen möglich, sich zu erkennen. Zwischen Cheryl und mir gibt es keine Gewohnheit. Wir sind füreinander geschaffen. Das Bett ist unser Spielplatz, unser Olympiastadion, wo wir alle Rekorde schlagen und die größten Siege erringen. In meinem ganzen Leben habe ich keine bessere Partnerin gefunden. Freiheit und Phantasie sind die Pole unserer gegenseitigen Anziehung. Einzig Alter und Tod werden uns eines Tages trennen können. Wir wissen das. Und trotzdem könnte ich niemals auf mein ausschweifendes Sexleben außerhalb unserer Beziehung verzichten, und ich glaube, meine Liebste könnte das ebensowenig. Für uns gehört zum Ideal die Würze, zum Paar die Gefahr, die Fiktion, die Poesie. Allerdings sprechen wir nie von unseren Seitensprüngen. Ein stillschweigendes Übereinkommen. Cheryl führt ihr Leben, ich das meine, und das ist auch sicher besser so. Wir könnten es machen wie alle: heiraten, Kinder kriegen. Drei, zwei Mädchen und einen Jungen. Vielleicht kommt uns ja eines Tages diese alberne Idee, wer weiß? Man soll nie nie sagen, sagt der Dichter.

Der leckere Superfick hat uns hungrig gemacht. Mit schon legendärer Ungeschicklichkeit versucht sich Cheryl jetzt ein bißchen im Kochen. Zwei Eier mit Schinken überfordern sie bereits völlig. Nur mit Höschen und Strumpfhaltern bekleidet, steht sie fluchend in der Küche. Der gräßliche Geruch von Angebranntem steht in schönster Harmonie zu ihren Flüchen.

Ich sage nichts, aber Cheryl gibt mir trotzdem die passende Antwort.

«Tja», meint sie, «was ist dir lieber? Toll im Bett und eine schlechte Köchin oder ein Cordon bleu, das dich kein bißchen anmacht?»

Die Wahl fällt mir nicht schwer.

Cheryl vergißt Eier und Schinken und kommt mit Kaffee und Broten wieder, die sie beinahe aufs Bett fallen läßt.

«Cheryl, Süße, kannst du es mir verzeihen, wenn ...»

Sie stopft mir den Mund mit einem Butterbrot, das só dick mit Marmelade (Johannisbeergelee) bestrichen ist, daß mir das süße rote Zeug aus dem Mund rinnt und in den Bartstoppeln kleben bleibt.

«Sicher nicht! Kein Pardon! Ich war noch nie *so* verliebt in dich, und das weißt du.»

«Ja, ja, ich weiß, und ich liebe dich auch noch genauso wie in unseren ersten Tagen in der École Saint-Bernard, aber ich werde unserem Viertel für eine kurze Zeit den Rücken kehren.»

«Wohin?» fragt sie, mit einem Mal kurz angebunden, und ich rücke damit raus:

«Du wirst es nicht glauben, nach Dakar. Muß da eine kleine Angelegenheit regeln. In vier, spätestens fünf Wochen bin ich wieder zurück.»

«Nach Dakar! Nur mal eben so nach Dakar, was? Und ich? Pißnelke!»

«Cheryl, wirklich, glaub mir, vier Wochen höchstens, und ich bin wieder da, nur für dich da.»

«Das sagst du so!»

Cheryl ist richtig wütend, ich sehe mich schon in Unterhosen auf dem Treppenabsatz stehen.

«Okay, so ist das also. Ein kleiner Fick, und dann ab durch die Mitte. Gut, hau ab, pack deinen Scheiß, zieh Leine!» fährt sie mich an, rot vor Zorn. «Und ich wollte ein nettes Wochenende mit dir verbringen, irgendwo auf dem Land, ganz ungestört, nur wir beide», fügt sie hinzu.

Auf dem Land? Mitten im Winter? Meine plötzliche Klarsicht verwirrt mich.

Ich starte ein letztes Ablenkungsmanöver:

«Sobald ich wieder zurück bin, fahren wir, wohin du willst.»

«Und du meinst wirklich, daß ich dir das glaube? Für wie blöd hältst du mich eigentlich?»

Cheryl ist eine wildgewordene Löwin, die mich jeden Moment zerfleischen wird. Sie wird mir auf der Stelle die Augen auskratzen, und es würde mich nicht mal überraschen.

Also, wenn das Leben es dir nicht leichtmachen will, dann hast du's wirklich nicht leicht. Und so finde ich mich genauso schnell, wie ich es befürchtet hatte, im Flur wieder und haste, verfolgt von Cheryls klangvollen Flüchen, von Schimpfen und Schreien, die Treppen hinunter, Hose und Turnschuhe unter den Arm geklemmt, aber immerhin mit Socken.

Während Cheryl durchs Treppenhaus brüllt, kommen die Nachbarn nach Hause. Der achtjährige Sohn zeigt mit dem Finger auf Cheryl:

«Schau mal, Mama! Die sieht aus wie in den Filmen, die du mit Papa immer anschaust!»

Peinlich berührt, kann die Mutter das Schlüsselloch kaum finden. Sie zittert, während der Vater von Cheryls Anblick hypnotisiert zu sein scheint.

Und ich, ich verfluche mich:

Scheiße, meine Kappe! Ich habe meine Kappe vergessen. Meine Basketballkappe! Meine Utah-Jazz-Kappe!

Ich brauche mich nicht lange zu ärgern, sie kommt von oben heruntergesegelt. Ich hebe sie auf, klopfe sie ab und kippe sie mir beruhigt auf den Schädel. Ich ziehe meine ausgelatschten Nikes über die billigen Socken, binde sie hastig zu. Ich zögere. Soll ich wieder raufgehen, mich entschuldigen und sie, die ich liebe und anbete, ein letztes Mal umarmen? Zu spät. Ich höre, wie die Wohnungstür zuknallt, wütend. Ich trete hinaus auf die Straße. Es regnet.

4

DAKAR RAP

AFRIKA. SENEGAL. Der Himmel hängt voller Sterne, und die hohe Luftfeuchtigkeit gibt der Atmosphäre einen milchigen Glanz.

Ich haste über den Asphalt, bin sofort schweißgebadet und taub vom Lärm, den die Triebwerke des grünweißen Airbus veranstalten, Air Afrique, Direktflug

RK 262 von Roissy-Charles de Gaulle nach Dakar-Leopold Sédar Senghor.

Die Zollformalitäten sind ziemlich schnell erledigt, und als ich mit meiner Reisetasche in der Hand durch die Menschenmenge gehe, die auf Freunde, Familie, Geschäftspartner oder Kunden wartet, ruft jemand meinen Namen.

«Gabriel!»

«Genau, Pape!» sage ich und winke mit meiner verwaschenen blauen Kappe der Utah Jazz, dem Erkennungszeichen, das wir am Telefon ausgemacht hatten.

Wir schütteln uns kräftig die Hände. Ich trockne mir die Stirn ab. Daß Pape sich an unsere Abmachung hält und mich pünktlich abholt, beruhigt mich. So kann es weitergehen.

Ich muß zugeben, daß ich ein bißchen Schiß habe. Da kommt man von einem Tag auf den anderen in ein fremdes Land (ich hatte nicht mal die Zeit, mir ein paar Bücher über den Senegal zu besorgen) und versucht, auf Bitten eines alten Schulfreundes, irgendwelchen mysteriösen oder realistischen, jedenfalls kriminellen Machenschaften im afrikanischen Showbusineß auf die Spur zu kommen ... Da ist es immer besser, einen Mitspieler zu haben, auf den Verlaß ist.

Pape gefällt mir auf Anhieb. Und ich werde recht behalten, Pape wird mich nie hängenlassen. Ausgezeichnetes Casting!

«Wir fahren jetzt ins *Tringa*. Ihre Freunde haben auch da gewohnt, es wird Ihnen gefallen. Dein Zimmer habe ich schon reserviert», verkündet Pape ohne Umschweife. Daß er ständig zwischen «du» und «Sie» wechselt, scheint er nicht zu merken.

Aber man gewöhnt sich schnell an solcherart verzierte Ausdrucksweisen.

Wie schön. Das Leben liegt vor mir. Ich lasse mich treiben. Ist das nicht das wahre Abenteuer? Ich setze meine Kappe noch mal richtig auf. Ich bin schon sehr zufrieden mit mir, das muß ich sagen. Und so antworte ich denn ganz zuversichtlich:

«Gut, auf ins *Tringa*!»

Aber Pape muß erst noch mit dem Taxifahrer verhandeln, bevor wir in den Renault 12 einsteigen dürfen – ein Original-Gordini übrigens, der bei uns schon lange ausgestorben ist! Das Nonplusultra von Renault! Der echte, der einzig wahre Renault 12! Ich stehe auf seinen siebziger Jahre Look, der mich an Discomusik (meine bevorzugte Hintergrundmusik), lange Haare und die Revolutin erinnert. Mein erster Eindruck von Dakar ist fabelhaft. Wir steigen ein. Was für ein Vergnügen! Klar, weder die Stoßdämpfer noch die Bremsen sind voll auf der Höhe, aber das ist mir schnurz. Ein Renault 12! Es ist bestimmt 15 Jahre her, daß ich dieses Glück hatte, mich ganz gemütlich in einen schönen R 12 zu setzen und davonzufahren …

Es ist Mitternacht. Pape sitzt vorn und erklärt dem Chauffeur den kürzesten Weg. Die Luft ist heiß und schwül, als hätte sie gebadet. Ich schwitze wie ein Schwein, es ist phantastisch! Wir entfernen uns vom Flughafen und dringen ein in die tiefschwarze Nacht. Stadtbeleuchtung gibt es hier praktisch keine. Kinder rennen in alle Richtungen und machen sich einen Spaß daraus, den Freeway zu überqueren, der uns zu einem riesigen Verkehrsknotenpunkt und dann in die Stadt bringt. Der Taxifahrer sieht die Kinder im gelben Scheinwerferlicht und weicht ihnen im letzten Moment mit einem geschickten Steuermanöver aus. Die Scheibe hinten im R 12 klemmt total, und so kann ich den Temperaturunterschied zwischen dem frostigen Paris, dem klimatisierten Flugzeug und der tropischen Hitze Dakars in seiner ganzen Herrlichkeit auskosten!

• • •

«Hier ist Ihr Zimmer», sagt Abdou, der Geschäftsführer vom *Tringa* mit einem sehr sympathischen Lächeln. Pape ist mir gefolgt und nickt mir zu.

Ideal: ein großes Zimmer, gemütlich und sauber, sehr einfach, mit einem riesigen Bett und einem kleinen Schreibtisch, an dem ich einige wohlgewählte Worte auf ein paar Postkarten setzen könnte, und einem enorm großen Ventilator, der mir den Rücken streicheln wird. Auch an dem geräumigen Badezimmer finde ich Gefallen. Sogar heißes Wasser zum Duschen ist da. Das ist ja doch selten (und auch nicht unbedingt nötig) in diesen Breitengraden.

Ich stelle die Tasche ab, setze mich aufs Bett und atme erst mal tief aus. Ich habe sechs Stunden Flug hinter mir, dazu die Klimaumstellung, die fremde Umgebung, ich bin ziemlich platt.

«Gut, es ist spät», gähnt Abdou, «hier ist Ihr Schlüssel. Sie können kommen und gehen, wann sie wollen. Der Nachtwächter ist immer da. Ich gehe zu Bett. Gute Nacht und bis morgen dann. Inschallah.»

«Danke, Abdou», bringe ich nur noch raus.

«Inschallah und danke», übertrumpft mich Pape.

Ich sitze auf dem Bettrand und lasse mich genüßlich nach hinten fallen, doch Pape läßt nicht zu, daß ich abschlaffe.

«Gabriel, wir müssen sofort los. Wir gehen aus. Die Angelegenheit ist wichtig, wir dürfen keine Zeit verlieren. Außerdem muß man sich nach einem langen Flug bewegen, sonst ist man zu müde zum Schlafen», sagt er.

Mir ist es recht, ich bin sowieso viel zu neugierig auf

Dakar, auf die Stimmung in der Stadt, viel zu nervös durch die ganze Reise, um bis morgen früh im Zimmer zu bleiben.

In der Hotelhalle treffen wir Cissé, den Barkeeper vom *Tringa*. Er ist cool, Pape kennt ihn. Cissé hat gerade seine Abrechnung fertig und schlägt vor, uns zu begleiten. Er freut sich, einen Freund von O. Chiminh und X2N kennenzulernen. Er hat die beiden in bester Erinnerung und würde sich gerne über sie unterhalten. Na, mit Vergnügen.

Kaum treten wir auf die Straße, da hält schon ein Taxi direkt vor unserer Nase, ein orangefarbener Nissan diesmal. Pape geht vor und verhandelt, weil wir nicht dreimal voll bezahlen wollen. Cissé und ich ziehen uns solange in den Schatten einer Mauer zurück. Die Verhandlungen scheinen schwierig zu sein und brauchen Zeit. Dann fährt das Taxi plötzlich ohne uns los, hält aber zehn Meter weiter wieder an. Okay. Pape pfeift. Cissé und ich spurten lachend los, aber als uns der Taxifahrer sieht – vor allem mich, einen Weißen, der mit Sicherheit Geld hat –, ist er doch etwas verärgert.

Vorne am Armaturenbrett des Nissan ein Taxifahreruniversum: selbstklebende Marabouts und diverse Suren, auf denen er die Fahrkosten ausrechnet. Am Rückspiegel und am Steuer hängen jede Menge Amulette, das Wappen des Fußballklubs von Metz (?!) und ein Minifußball vom letzten Afrikacup. 1992 war das, im Senegal, ein echtes Ereignis!

«Ins *Miami Night*», sagt Pape, immer noch unerschütterlich in seiner Rolle als Querfeldein-Führer. «Das *Miami* ist das Nervenzentrum», fügt er hinzu. «Sie werden sehen, das ist der beste Ort, um zu kapieren, was hier los ist.» Cissé stimmt ihm zu.

Ich habe Vertrauen zu Pape. Im Augenblick überlasse ich ihm jegliche Initiative. Er weiß, was er tut, und so halte ich mich an die klugen Ratschläge von O. Chi-minh und folge ihm, ohne zu mucken. Ich will keine einzige Frage stellen, weil ich es ehrlich gesagt hasse, Fragen zu stellen. Ich bin kein Bulle. Ich schaue, fühle, beobachte, höre zu, sehe mich um. Kurz, ich ziehe es vor, mich auf mein Feeling zu verlassen. Es läßt mich nur selten im Stich. Mein Feeling ist eine meiner wenigen Stärken – das muß ich schon mal sagen.

Das Taxi schlängelt sich durch die Gassen. Für mich, den Reisenden, den ahnungslosen Touristen, ist alles neu und unbekannt. Ich komme aus dem Staunen nicht mehr raus. In Dakar wird nachts gewöhnlich der Strom abgestellt, und so gibt es überall Feuer, Laternen, Öfen mit knisternder Kohle zum Kochen und Düfte: Tee, senegalesischen Weihrauch, den sogenannten *Tchouraï*, wie Pape mir erklärt. Schatten gleiten an uns vorbei und verschwinden wieder, hinter einer Ecke, im Straßengewirr, in Häusern. Und dann tauchen plötzlich – woher bloß? – eine Reihe Kinder auf, im Gänsemarsch, die hinter einem Marabout herlaufen und singen. Der alte Mann ist blind. Er dirigiert mit einem Krückstock. Die winzigen Geschäfte schlafen tief und fest, zugedeckt mit Tüchern und Gewändern. Die Luft ist mild, alles ist ruhig.

Nur die Mülleimer lassen zu wünschen übrig. Verbeult liegen sie auf den Trottoirs herum und quellen über. Hunderte von blauen Plastiksäcken fliegen über die Straßen.

Pape erklärt mir, daß wir uns gerade im Stadtzentrum befinden und jetzt in die Medina weiterfahren, das älteste Viertel von Dakar. Das Taxi braucht noch eine knappe Viertelstunde.

Ein endloses Labyrinth, zumindest ist das mein erster Eindruck. In der Medina sind die Leute weniger schläfrig, sie spazieren in Gruppen herum, und man kann sie nur am Glimmen ihrer Zigaretten erkennen, die wie Glühwürmchen in der schwarzen Nacht leuchten. Ein seltsames Treiben ist das, gedämpft, wie eine Art Halbwachzustand. Wenn man sich aber den Bars und Nachtclubs nähert, sind da plötzlich massenhaft Menschen, die total aufgekratzt sind.

• • •

Normalerweise gehe ich nicht viel in Discos – ich bin nun mal kein großer Tänzer, im Gegenteil –, aber das *Miami-Night* ist genau so ein Club, wie ich ihn liebe. Klein, gesellig und mit einer Bühne für Veranstaltungen. Das Konzert heute abend scheint nicht schlecht zu sein, es ist ordentlich was los. Und so lerne ich M'balax kennen, die senegalesische Musik von heute, voller Gegenrhythmen, dem Funkrock nicht unähnlich. Unter die Arme geklemmte Trommeln und andere Rhythmusinstrumente bringen die Hüften zum Kreisen, die Hintern zum Schwingen und die Sinne zum Glühen. Pape hat sich nicht getäuscht. Hier sind wir richtig. Hier ist der Ort, an dem alles anfangen muß.

An der Theke bestelle ich ein Bier. Und schon wieder bin ich freudig überrascht. Das *Flag*, ein senegalesisches Bier, ist eine wahre Gaumenfreude. All meine Geschmacksnerven sind in heller Aufruhr. Das ist schon ein besonderer Moment im Leben, wenn man mit einem neuen Bier Bekanntschaft macht. Später werde ich noch auf das andere senegalesische Bier mit Namen *Gazelle* stoßen, aber dem Flag werde ich immer den Vorzug geben. Wegen seines Geschmacks selbstverständlich, aber vor allem wegen der Erinnerung, die ich mit ihm verbinde, der Erinnerung an meinen ersten malzigen Kontakt mit Afrika. Pape trinkt als gebildeter und praktizierender Moslem keinen Alk und bleibt so schön nüchtern. Bei fünf Gebeten pro Tag, ganz allein mit Allah, außerhalb dieser Welt, ist es bestimmt besser, klarzubleiben und seine fünf Sinne beisammenzuhalten. Das kann man schon verstehen.

Cissé dagegen ist einem Bierchen von Zeit zu Zeit nicht abgeneigt und sieht darin auch kein besonderes Problem, obwohl auch er betet. Eine Frage der persönlichen Einstellung. Cissé nimmt also das Flag, das ich ihm spendiere, gerne an. Pape hingegen schlürft eine Cola. Er würde sich aber nie erlauben, das Verhalten anderer zu verurteilen. Jeder kann tun und lassen, was er will.

Cissé hat Kunstgeschichte studiert, will seine Talente aber lieber am Tresen ausleben, als an der Universität Cheikh-Anta-Diop zu lehren. Er hatte die Wahl. Im *Tringa*, da hat er direkten Kontakt zu den Künstlern, erklärt er mir, außerdem bringt es mehr ein. In jeder Hinsicht!

Getreu seiner Ausbildung und beseelt von dem wunderbaren Wunsch, sein Wissen mit mir zu teilen, versucht Cissé mir die neuere Geschichte des Senegal verständlich zu machen. Er erzählt ausführlich und immer wieder abschweifend, wie ein klassischer Geschichtenerzähler, wie Amadou Hampâté Bâs, der Victor Hugo Afrikas. Und so erzählt er mir auch die Legende des von allen verehrten Ibra Kassé, dem Gründer des *Miami Night*, dessen Porträt über dem Tresen hängt. Pape kennt die Geschichte in- und auswendig, er liebt sie, wirft manchmal ein Wort ein, differenziert hier, betont da etwas in Cissés Erzählung. Gemeinsam tauchen wir ein in diese Geschichte, Pape, Cissé und ich, wie mit einer Zeitmaschine, um uns die Musik, das Ambiente des

Clubs, und so reisen wir durch das Jahrhundert mit Ibra Kassé, der vor zwei Jahren in einem biblischem Alter starb.

Das Leben von Ibra Kassé, die helle Stimme von Cissé. Der Erste Weltkrieg mit seinen Schützengräben. Verdun, wo man den großen Mann vermeintlich tot auf dem Schlachtfeld zurückläßt, wie durch ein Wunder wird er von einem Militärarzt gerettet. Dieser Louis Armand, übrigens ein großer Anhänger des Catchens, wird später sein Freund und führt ihn ein ins Pariser Nachtleben der zwanziger Jahre, in die Clubs und Theater. Daher die besondere Affinität Ibra Kassés zum Königreich der Nacht, zu Festen, Künstlern und Konzerten. Später dann sei er ziemlich durchgeknallt. Auf eine Heirat folgte die Scheidung, wieder eine Heirat, wieder Scheidung und so weiter. Er stürzte von einem Abenteuer ins andere, sammelte Frauen, ob blond, ob braun ...

Cissé breitet das Leben Ibra Kassés vor mir mit einer Detailfülle aus, die jeder Doktorarbeit Ehre gemacht hätte.

«... und eines Tages», fährt er fort, «hatte Ibra genug – glücklicherweise! –, vielleicht war es eine Erleuchtung, vielleicht auch das Alter. Jedenfalls kehrte er nach Dakar zurück ...» Cissé erzählt, wie es schließlich, 1958, zur Gründung des *Miami Night* kam, und meint abschließend: «Ibra Kassé war der Erfinder der modernen Musik in Dakar, er hat die besten Sänger ins *Miami* eingeladen, etliche Gruppen produziert ... Er steht am Anfang des M'balax, für den sich jetzt die ganze Welt begeistert!»

«Wahnsinn», sage ich. Ich bin begeistert.

Cissé bestellt sich noch ein Flag und zwinkert seinem Barkeeper-Kollegen zu. Pape erklärt:

«Hier im *Miami* haben die größten Stars angefangen. Youssouf N'gom, Mamadou Niang, Mokthar Pape

Faye, Kiné Sène N'diaye, Aminata Fall, Cheikh Bamba Dieng und andere ...»

Cissé fährt fort, auch das ist interessant:

«Und Ibra Kassés Ideen leben weiter. Der Alte hat vier Söhne hinterlassen, die das *Miami* weiterführen. Da, die vier da vorne auf der Bühne.»

Mein Interesse an dem Konzert ist gleich viel größer, logisch. Sie spielen wirklich großartig, die Brüder. Ich witzele:

«Andere sind Fußballer, so von Vater zu Sohn, Akrobaten, Trödler. Und Ibra Kassés Söhne sind alle Musiker, bravo! Das nennt man ja wohl ‹es im Blut haben›. Da ist Linie drin!»

Aber Pape geht nicht darauf ein, und auch Cissé macht ein ernstes Gesicht.

«Die Brüder Kassé tun ihr Bestes, um Schwung in den Laden zu bringen, aber das Leben hat sich verändert. Heute geht es um Geld.» Pape wird heftiger. «Heute trifft man in Dakar Talentjäger aus der ganzen Welt, aus Frankreich natürlich, aber vor allem aus den Staaten. Und die haben alles, was man braucht: gute Dollar, wie man hier so schön sagt.»

Pape pfeift durch die Zähne, was soviel heißt wie – was es eben heißt.

Die Musik und ihre Geschichte, die Geschichten drumrum, die damit verbundenen Interessen ... Klar, daß für die Leute hier verdammt viel auf dem Spiel steht.

Der kluge Cissé flößt mir Vertrauen ein, rundheraus komme ich auf den eigentlichen Grund zu sprechen, warum ich in Dakar bin, auf Total African Groove ...

Was er über den Tod von Clovis Mendy denkt, frage ich.

Da erstarrt sein Gesicht zu einer Maske ewiger Jugend. Er leidet unter Clovis' Tod. Er war zwar kein enger

Freund, aber ein guter Bekannter gewesen. Sie hatten sich immer prima verstanden. «Clovis hat gute Sachen gemacht», murmelt Cissé mit brüchiger Stimme. Vor allem daß es ein Mord war, macht ihn so fassunglos. Er glaubt es einfach nicht, der gute Cissé, er hat auch keine Erklärung …

«Letzten Samstag wurde er nach den alten Traditionen beerdigt», erzählt Cissé. «Ich war bei der Totenwache. Die ganze Familie und seine Freunde waren da. Alle haben geweint. Es war hart.»

Das Entsetzen steht Cissé ins Gesicht geschrieben. Es tut mir in der Seele weh.

«Er hatte keine Feinde, er war nicht reich, er hatte keinen Streß mit Frauen …»

Meine Hypothese ist völlig aus der Luft gegriffen:

«Und wenn es ein Irrtum war?»

Cissé zerbricht sich den Kopf. Es muß doch einen Grund geben. Mehr für sich als zu Pape und mir überlegt er:

«Alles, was ich feststellen kann, ist, daß sich für die Musiker und die Bands seit ein paar Monaten das Leben sehr verändert hat. Total African Groove hat immer mehr Erfolg, weltweit, und andere Gruppen und andere Sänger auch.»

«Und?» fragt Pape.

«Ein Erfolg, der Geldgeber anzieht, wie du gerade gesagt hast, Pape. Aber ich weiß nicht … Nein, ich weiß wirklich nicht», sagt er, gänzlich ratlos.

Pape dreht sich um und fragt mich:

«Verstehen Sie ein bißchen was von all dem, Gabriel?»

Ich verstehe nichts, nicht mehr viel, um ehrlich zu sein. Ich werde jetzt ernsthaft müde, spüre plötzlich den Alkohol, die Zeitverschiebung und die Reise … Die Musik, eben noch als angenehm empfunden, ist betäubend.

Die Augen schmerzen, der Kopf dreht sich. Ich muß einfach schlafen. Pape und Cissé haben Verständnis für meine Erschöpfung, wir verlassen das *Miami*, werden wiederkommen. Cissé geht nach Hause. Pape begleitet mich bis zum *Tringa*.

«Ich komme morgen gegen Mittag», sagt er nur, dreht sich um und geht weg.

5

DAS TRINGA, in der Rue Wagane-Diouf, ist ein schönes und gepflegtes Haus in einem Viertel mit Charme, wie ich erst am nächsten Morgen gegen zehn beim Aufstehen bemerke. Als ehemaliges Bordell hat es das *Tringa* nicht nötig, künstlich Atmosphäre zu schaffen. Es ist ein Hotel und doch keins, denn im wesentlichen ist es Sitz der Organisation *African Festival*, die zahlreiche afrikanische Künstler unter Vertrag hat. Kein Zweifel, hier bin ich wirklich mittendrin.

Das *Tringa* hat zehn Zimmer. Die meisten sind nicht belegt. Man hält sie frei für Künstler, die auf einer Tournee oder für länger, in Dakar Station machen. Am Wochenende, ab donnerstags, treten im *Tringa* auch Musiker auf. Und am hauseigenen Pool kann man wunderbar rumliegen und lesen. Sogar Schwimmkurse kann man belegen. An der Straßenecke stehen die Nutten, riesige Titten, riesige Ärsche, riesige Münder, die alles zu verschlingen versprechen. Für alle Fälle, man weiß ja nie.

Moustapha Koné, der Chef vom African Festival, gilt als Begründer des afrikanischen Showbusineß und wohnt offiziell im *Tringa*. Er ist aber äußerst selten in Dakar. Moustapha Koné zieht von Hotel zu Hotel, rund um die Welt, auf Promotiontour mit seinen Künstlern oder auf der Suche nach Geld, Geschäftspartnern und

Beziehungen, kurzum: Er macht ein bißchen Busineß, in einem Bereich, in dem Afrika nicht gerade die Nase vorn hat. Zur Zeit ist er in New York …

Ich unterbreche Abdou in seinen Ausführungen.

«In Amerika? Und wann kommt er wieder?»

«Im Laufe der Woche», sagt Abdou. «Also, heute ist Dienstag, er müßte eigentlich am Wochenende wieder hier sein.»

«Danke, Abdou, ich bin wirklich gespannt auf den großen Moustapha Koné, hab viel von ihm gehört. Scheint ja 'ne echte Persönlichkeit zu sein, Ihr Chef!»

«O ja, doch!» sagt Abdou amüsiert.

Ich gehe auf mein Zimmer. Moustapha Koné, ja klar, Cissé hat gestern abend schon von ihm gesprochen, aber da war ich schon stehend k. o., und an den Klang der senegalesischen Namen muß ich mich erst noch gewöhnen. Bis jetzt habe ich keine genaue Vorstellung, was der Tod des Managers von Total African Groove, Clovis Mendy, eigentlich bedeutet, welche Auswirkungen er auf die alles in allem doch recht kleine Musikszene von Dakar hat. Aber eins weiß ich: Hier bin ich richtig. Ich gehe also rauf in mein Zimmer. Ein Stündchen Ruhe nach dem Frühstück fördert das Wohlbefinden.

Ich mache meine Tasche auf und hole meinen obligatorischen Reiseschmöker heraus. Ich fahre nie ohne Buch. Ich brauche das, um der Wirklichkeit zu entfliehen und um sie besser zu verstehen.

Ich habe zwar keinerlei Informationsmaterial über den Senegal dabei, nicht mal einen einfachen Reiseführer, der ja manchmal doch nützlich ist, aber der Roman *La vie en spirale*, mein Lieblingsbuch zur Zeit, ist immerhin von einem senegalesischen Schriftsteller, Abasse Ndione. *La vie en spirale*, eine kleine Flucht, die einen großen Moment wert ist.

Mein Ventilator geht nicht mehr, ist wohl verschnupft. Wenn ich dran denke, werde ich Abdou bitten, ihn zu reparieren, solange genieße ich meinen Schweiß. Ich tropfe auf die Seiten meines Buches, die sich von der Feuchtigkeit wellen, und lese:

« Zu einer Zeit, die sich in der ewigen Finsternis verliert, als Mensch und Tier noch miteinander sprachen, fand ein Jäger eines Tages einen Löwen unter einer Tamarinde, der an der Tatze verletzt war. Er tötete ihn nicht, sondern pflegte ihn, ging auf die Jagd und brachte ihm zu essen. Die Tage vergingen, und der Löwe wurde gesund. ‹ Mensch, du hast mir das Leben gerettet ›, sagte er. ‹ Als Zeichen meiner Anerkennung werde ich dir das Kraut zeigen, das die Geister rauchen. Wenn du intelligent bist, wird es dich noch intelligenter machen; wenn du Mut hast, wird es dich noch mutiger machen; wenn du stark bist, wird es dich noch stärker machen; wenn du gut bumsen kannst, wirst du es noch besser können ... › »

Eine poetische Erzählung ganz nach dem Geschmack von Amuyakar N'doye, dem Helden meines Buches, der über die Straßen des Senegal fährt und den Transport von einigen Tonnen Gras begleitet. Amuyakar ‹entwickelt sich›, ‹entwickelt sich›, ‹entwickelt sich› immer mehr, was aus der Feder von Ndione soviel heißt wie ‹er kifft nach Belieben›. Ah, was für eine Ausdrucksweise! *La vie en spirale* ist ein delirierendes, erhabenes Abenteuer, ein Buch, das ich eigentlich viel zu schnell lese.

Auch wenn ich, Gabriel Lecouvreur, mich nicht eigentlich zu den Liebhabern dieser Art Rauchwaren zähle, gehört meine uneingeschränkte Solidarität doch den Anhängern der verschiedenen magischen Gewächse auf diesem Planeten. Ich verstehe ihr Glück, ich teile ihre Freude. Man muß sagen, ohne mit dem Finger auf sie zu zeigen, ganz im Gegenteil, daß die Senegalesen Experten sind auf diesem Gebiet, genau wie die Menschen in Zaire, die Marokkaner, die Kolumbianer, die Pariser und die Holländer. Und wen ich nicht genannt habe, der möge mir verzeihen. *La vie en spirale* ist, in diesem Zusammenhang, mein Kultbuch. Ich lese es, lese es nochmals, lerne es auswendig. *La vie en spirale* ist für uns alle eine wunderbare philosophische Unterweisung.

• • •

Es ist Mittag. Pape klopft leise an meine Tür.

«Ja?» rufe ich.

Pape läßt sich auf dem Stuhl nieder und kommt gleich zur Sache.

«Deine Freunde haben dich also hierhergeschickt, um den geheimnisvollen Tod von Clovis Mendy aufzuklären.»

«In gewisser Weise», sage ich und erinnere mich an den Anruf von O., meine Überraschung und daran, wie schnell ich mich entschieden habe, von meinem geliebten Viertel in Paris Abschied zu nehmen.

«O. Chiminh und X2N sind meine Freunde und auch Freunde von Total African Groove. Sie haben ihnen in Paris immer die Stange gehalten, haben sie in ihrem Hip-hop-Magazin unterstützt, von Anfang an, seit vielen Jahren», sagt er mir. «O. Chiminh und X2N hatten eine super Zeit in Dakar. Weil sie nicht länger bleiben konnten – sie mußten dringend nach Paris zurück – und weil der Tod von Clovis sie schockiert und aufgerüttelt hat, haben sie geschworen, alles zu tun, um die Wahrheit herauszufinden. Deshalb bist du jetzt hier. Und ich bin hier, um dir zu helfen.»

«So ist es. Dann ist ja alles klar, Pape, wenigstens zwischen uns beiden. Du weißt, warum ich hier bin ... und ich auch», füge ich halblaut hinzu, mehr zu mir selbst.

Ja, mein kleiner Gabriel, sage ich mir, jetzt ist es an dir,

Licht in die Sache zu bringen, das Geheimnis zu lüften, das Wie und Warum herauszufinden. *Les jeux sont fait, rien ne va plus.* Wird das Publikum zufrieden sein? – könnte der Dichter B. Raymond Chanté fragen.

6

DREI TAGE SIND VERGANGEN, ohne daß wir in unseren Nachforschungen weitergekommen sind. Wir haben nichts Neues erfahren, aber man muß auch sagen, daß wir nichts überstürzen, wir wollen niemanden vor den Kopf stoßen, wer es auch sei.

Ich schlage vor, den beiden Rappern Laurent Mamadi und Phil-I-Jay einen kleinen Besuch abzustatten, höflich, freundlich und um ihnen unser Beileid zu bekunden. Aber Pape sagt nur: «Alles zu seiner Zeit.» Ich bin noch ein bißchen lasch, lasse es laufen und vergesse es wieder.

«Im *Tringa* sind wir genau richtig», verspricht mir Pape. «Wir müssen uns Zeit lassen. Alles wird auf uns zukommen.»

Er konnte nicht wissen, wie recht er hatte.

Die Kommentare zum Tod von Clovis Mendy halten sich in Grenzen. Die Musiker sind schweigsam, und wenn sie sprechen, dann nur mit ihren Instrumenten. Alle anderen Künstler äußern sich überhaupt nicht. Schweigen auf der ganzen Linie. Nicht mal Gerüchte gibt es. Eines Abends sind wir wieder ins *Miami* gegangen, aber die Brüder Kassé haben nicht gespielt. Also, was mich angeht, ich könnte ja jeden Abend ins *Miami* gehen, ohne Ende Flags trinken, die Stimmung genießen und mich am Anblick der hinreißenden jungen Frauen ergötzen, die zum Tanzen herkommen. Pape hält aber nichts davon. Wir würden nämlich zuviel Aufmerksamkeit auf uns lenken. Er hat recht.

Pape weiß sich in allen Lebenslagen zu benehmen und ist sehr zurückhaltend. Mir fällt das nicht so leicht. Ich bin eher einer, der sich gern dem Leben in die Arme wirft, ohne lange darüber nachzudenken. Glücklicherweise erinnert mich mein Sportsfreund immer wieder an meinen Auftrag.

Übrigens ist der Ausdruck «päpstlicher als der Papst» heute überholt, man sollte sagen: «päpstlicher als Pape».

• • •

Während dieser drei Tage habe ich mit Pape Dakar und Umgebung in Augenschein genommen. Es ist für mich wichtig, mit Land und Leuten vertraut zu werden. Man muß schließlich das Terrain sondieren. Ich habe mir einen Stadtplan gekauft. Ich will wissen, wie Dakar strukturiert ist. Wir sind mit Taxi und Bus, auch zu Fuß unterwegs. So kriegt man viel mehr mit, als wenn man ein Auto mietet, außerdem ist es billiger. Schnell fühle ich mich, als wäre ich schon Jahre da. Eine der Stärken des Senegal ist, daß man sich als Ausländer sofort heimisch fühlt. Man wird herzlich aufgenommen und ins Leben der Leute integriert. Das Land ist friedlich, und die Menschen sind gelassen, machen nicht viel Aufhebens, und wenn Probleme auftauchen, dann versucht man eben damit klarzukommen. Man verhandelt miteinander und trennt sich in beiderseitigem Einverständnis. Die Senegalesen machen keine unnötige Welle. Mir fällt auf, wie nett die Menschen hier sind, in ihrem Lächeln, bei jedem Gespräch, bei jedem angebotenen Ataya-Tee (ein traditionelles Ritual, das mir in Fleisch und Blut übergehen wird). Ich kann mir nur schwer vorstellen, daß der oder die Mörder von Clovis Mendy aus einem Land kommen, wo die Leute so nett sind.

Mit weit offenen Augen, Ohren und Sinnen streife ich

durch Dakar und genieße das Privileg, von Pape herumgeführt zu werden. Er ist stolz auf seine Stadt, ihre Einwohner, die ganze Atmosphäre. In Dakar ist er geboren! Ich kann das gut verstehen, ich komme aus Paris und stehe total auf meine Stadt und mein Viertel.

Zum Mittagessen gehen wir in die Avenue Ponty, die zur Place de l'Indépendance führt. Bei *Chez Traoré* gibt es die köstlichsten libanesischen Schawarmas der Welt; steht uns der Sinn nach Fisch, laufen wir ein bißchen weiter, bis zur Kreuzung.

Natürlich besuchen wir auch die Île de Gorée, eine kleine Felseninsel direkt vor der Küste, von der aus die Sklaven nach Amerika verschickt wurden. Noch heute bereut man das bitterlich in Detroit, in Buffalo, in Louisiana und dem ganzen «Grand Old South» des Landes jenseits des Atlantiks. Trotz seiner schrecklichen Rolle in dieser Geschichte ist Gorée ein reizendes Fleckchen Erde. Autos sind auf der Insel verboten. Eine angenehme Brise weht zwischen den rosa und vanillefarbenen Häusern – erhabene, gut erhaltene Architektur. Ein kleines Freilufttheater, schon ziemlich zerfallen, wie eine meisterhafte Filmkulisse. Das restaurierte ehemalige Sklavenhaus, das genau wie die Erinnerung der Menschen an dieses düstere Kapitel mit Leben erfüllt wird durch den klugen und gelehrten Jo N'diaye, unsterblicher Museums- und Fremdenführer dieses Ortes. Auf der Museumsmauer sind poetische Gedankenflüge der bekanntesten Schriftsteller und Dichter unserer Zeit zu lesen, verfaßt für diese Gedenkstätte. Césaire, Senghor natürlich und Soyinka, Achebe, Sembène Ousmane, Derek Walcott, Sony Labou Tansi, Dongala … Alle hatten sie was zu sagen. Starke, brillante Worte, wesentliche Sätze für die Geschichte der Menschlichkeit. Ich entdecke universelle Dichter.

Ich lerne Wolof, Pape gibt mir jeden Tag Unterricht. Ich notiere mir alles in einem Heftchen, und abends vor dem Einschlafen nehme ich mir eine halbe Stunde Zeit, um die Vokabeln zu wiederholen.

Pape lädt mich natürlich auch zu sich nach Derklé ein. Das liegt im Norden der Stadt. Er macht mich mit seiner Familie und seinen Nachbarn bekannt. Wir unterhalten uns stundenlang und trinken Tee, Ataya. Sie haben dieses Ritual von den Wüstenbewohnern übernommen, den Mauren, und in den hintersten Winkeln der Geschichte von den Arabern. Heute ist es eine zutiefst senegalesische Sitte. Ataya ist sehr starker grüner Tee mit viel Zucker, den man in drei Aufgüssen trinkt, die kurioserweise «loweull», «deuxième», «troisième» heißen. Pape ist ein Experte im Zubereiten von Tee, er tut es höchst konzentriert und voll Perfektion.

• • •

Im *Tringa* herrscht helle Aufregung. Moustapha Koné, der Besitzer, ist aus den Staaten zurück. Abdou, übereifrig, eilt gestreßt hin und her. Moustapha Koné hat beschlossen, die gesamte nationale Presse einzuladen und eine große Pressekonferenz zu geben. Er will von seiner Amerikareise berichten, seinen Aufenthalt in New York rechtfertigen. In Dakar kursieren Gerüchte über eine Verbindung zwischen dem *African Festival* und einem großen amerikanischen Multi. Man weiß nicht, was davon zu halten ist, aber man würde das auf keinen Fall kritiklos hinnehmen. Moustapha ist gut vorbereitet. Wenn er eine Entscheidung trifft, hat er sich das genau überlegt. Er hat einiges zu sagen, und er will es jetzt endlich loswerden. Es ist nicht seine Art, sich zu drücken.

Am Abend kommen sie alle in die Bar des *Tringa*, die Redakteure von *Soleil, Cafard libéré, Nouvelles du Sud* und *Dakar-hebdo*. Auch die Radio- und Fernsehjournalisten sind der Einladung gefolgt.

Da ist er. Enorm groß, ungepflegter Bart, mit einem Hut, der vor dreißig Jahren mal «in» war und den er total schief auf dem Schädel sitzen hat, dann noch die Marlboro, ohne die er sich nicht blicken läßt. Moustapha antwortet auf den Sturm von Fragen. Die senegalesischen Journalisten sind bekannt für ihre bissige Art. Absolute Freiheit, das heißt, gesellschaftliche und wirtschaftliche Freiheit – Gedankenfreiheit gibt es, mehr oder weniger, schon immer – ist für die Presse relativ neu. Den Journalisten macht es noch sichtlich Spaß, unbequeme Fragen zu stellen, was sie auch ausführlich tun. Dazu kommt, daß Kultur und besonders Musik in diesem Land eine höchst politische Sache ist. Die Musik beschert dem ganzen Senegal Einnahmen, Anerkennung und eine kulturelle Aura.

Pape und ich halten uns im Hintergrund, lehnen am Tresen. Cissé gefällt sich in seiner Rolle als eleganter Barkeeper, mit Schlips und weißem Kragen. Er füllt unsere Gläser und erzählt mit gesenkter Stimme von Musik, Rhythmen, Künstlern und Musikern. Ich lerne mal wieder einiges.

Zur Abwechslung trinke ich Rum mit Ingwer. Aber dieser explosiven Mischung halte ich nicht lange stand und kehre wieder zum Flag zurück, diesmal als Flägchen in einem Fläschchen, wie die kleinen Biere in Paris. Rum vermischt mit Ingwer, das ist heftig! Pape, der überhaupt keine Angst vor einem Magengeschwür zu haben scheint, zieht sich die x-te Cola rein. Ich sage ihm, er soll aufhören, er spinnt. Ich mache mir ernsthafte Sorgen um seine Gesundheit. Es gibt nichts Schlimmeres als Coca-Cola. Einfach ekelhaft, dieses klebrige Gesöff. Und überall. Ein lückenloses Vertriebsnetz. Als wirtschaftliche Macht geradezu beängstigend. Selbst mitten in der Wüste, wenn man weit und breit kein Wasser mehr findet, gibt's immer noch eine Coca-Cola, lauwarm, in irgendeiner Blechbude. Fehlt nur noch, daß wir uns den Hintern mit Cola abwaschen. Ob sie dann haben, was sie wollen? Arme Menschheit!

Zehn Meter vor uns, auf der Bühne des *Tringa*, wo sonst am Wochenende die Konzerte stattfinden, steht Moustapha Koné und hält seine Rede. Er spricht leise, seine Stimme klingt ruhig und bestimmt.

Dann gehen sie auf ihn los. Hat *African Festival* nicht seine Seele an den Weltkonzern *Earth and Ocean* verkauft? Er wird eine klare Antwort geben müssen. Weitere Fragen in derselben Richtung. Moustapha Koné wird den Brand löschen, ohne mit der Wimper zu zukken. Er hört aufmerksam zu und zieht heftig an seiner Zigarette, genußvoll und konzentriert. Er ist fest entschlossen, sich zu verteidigen, und er wird sich die Zeit nehmen, seine Argumente ausführlich darzulegen.

Ich stoße Pape den Ellbogen in die Seite. Moustapha Koné ist in keiner günstigen Lage. Ich habe den Eindruck, daß ihm im Saal ein bißchen Unterstützung fehlt. *Suspense*.

«African Festival», beginnt Moustapha Koné, «ist meine Erfindung. Und, meine lieben Freunde (er bläst lange den Rauch seiner Zigarette in die Luft), ich hänge daran mit Leib und Seele. Nun», er wird plötzlich lauter, «meine Seele ist nicht zu verkaufen. Man kann seine Seele nicht verkaufen, das wäre teuflisch! Ihr kennt mich trotz allem ein wenig, meine Freunde, und ihr wißt genau, ich bin nicht der Teufel, und falls doch … dann müßt ihr es mir beweisen!»

Lachen im Saal. Mit seiner bekannten Angriffslust, Redegewandtheit und Gewitztheit ist Moustapha Koné plötzlich wieder obenauf; er ist wieder im Vorteil oder hat zumindest gleichgezogen.

«Trotzdem», unterbricht Moustapha Koné das Gegröle, das er selbst verursacht hat, «auch wenn man meine Seele nicht kaufen kann, so ist es doch möglich, sie … zu mieten.»

Mit einem Mal ist es ganz still. Was verbirgt sich hinter dieser Andeutung? Man könnte eine Mücke fliegen, ja sogar stechen hören.

«Ja, ich will offen sein», fährt er fort, «Earth and Ocean interessiert sich schon lange für unsere Arbeit, und das ist gut für uns, das kann ich euch versichern. Obwohl die Amerikaner sehr beharrlich waren, wollte ich nicht nachgeben und meine Kontrolle über den künstlerischen Bereich des African Festival nicht verlieren.» Moustapha spricht langsam, er achtet sehr genau auf die Wahl seiner Worte. «Wir haben ein Abkommen getroffen», führt er weiter aus, in einem charmanten, beinahe harmlosen Tonfall. «Eine Übereinkunft, die beide Seiten zufriedenstellt. Ihr wißt, man soll die Augen nicht vor der Realität verschließen. Wir sind ein armes Land. Wir haben nicht genügend Geld, um uns weiterzuentwickeln, ohne geschluckt zu werden. Ihr werdet also sicher Verständnis haben für den Lizenzvertrag, den ich mit Earth and Ocean ausgehandelt habe. Er garantiert uns regelmäßige Einkünfte, ein Minimum an Verwaltung, die laufenden Kosten des *Tringa* und die Löhne der Angestellten (Abdou verschränkt die Arme und lächelt milde). Im Gegenzug werden sich die Leute von Earth and Ocean um die Interessen und die Zukunft von African Festival auf internationaler Ebene kümmern. Ich kann euch versichern, African Festival liegt gut im Rennen und bleibt unabhängig. War ich deutlich genug?»

Die Rede von Moustapha Koné, seine Offenheit – obwohl ich überzeugt bin, daß er vieles für sich behält – regt nicht zu weiteren Kommentaren an.

Man geht zu anderen Fragen über und spricht von Projekten, von Künstlern, die gerade auf Tournee sind, vom Erfolg Kader Lôs in Südafrika und Kenia, von der Weiterentwicklung des *Tringa* zu einem echten Zentrum für alle möglichen Künstler, nicht nur Musiker.

Die Pressekonferenz hat kein richtiges Ende, man steht einfach auf und geht. Einige verlassen die Bar in kleinen Grüppchen und diskutieren dabei noch weiter. Man spricht sich für oder gegen Moustapha aus. Niemand scheut sich, ihn zu kritisieren. Das ist der Preis, den er für sein eigenständiges Vorgehen zahlen muß. Eine kleine Gruppe bleibt noch zum Konzert. Heute abend spielen die Brüder Seck: Jean-Pierre, Mamadou, Ibrahima und Mass, alle vier sind bekannte Gitarristen. Musik liegt im Senegal in der Familie!

Uns reicht's. Wir gehen vor die Tür. Eine prima Einführung, so langsam wird das Bild etwas genauer. Witzig ist das alles gar nicht. Und über den Mord am Manager von Total African Groove hat bisher noch keiner ein Wort verloren. Ich glaube nicht, daß die Sache mit irgendwelchen Eifersüchteleien zu tun hat, dafür ist Total African Groove noch zu klein in seiner Independent-Nische. Nein, die Interessen dieser Leute mögen sich nicht immer decken, aber sie sind doch alle miteinander befreundet und kennen sich seit Ewigkeiten.

Aus Rücksicht gegenüber Cissé – Moustapha Koné ist immerhin sein Chef – reden Pape und ich diskret unter uns.

«Der reinste Drahtseilakt», murmele ich, «seine Position ist wackelig; er lebt *hier* und mauschelt *dort*. Und das Geld ...»

«Moustapha?» fragt Pape entsetzt, aber leise. «Nein, Moustapha ist gerissen, er weiß, was er tut. Und er tut es aus Leidenschaft ...»

«Ja, aber genau das ist es. Leidenschaft macht manchmal blind.»

Ich denke, Cissé hat den richtigen Riecher gehabt. Irgendwas an diesen Geschäften ist faul, aber Pape unterbricht mich in meinen Überlegungen.

«Laß uns ins *Miami* gehen!» sagt er. «Es könnte sich lohnen, die Brüder Kassé sind da.»

Wir verabschieden uns von Cissé, ein letzter Schluck, und dann raus.

• • •

Das *Miami Night* im roten Licht seiner Neonreklame. An der Wand das Porträt von Ibra Kassé, im festlichen Boubou, dem traditionellen Gewand der Mouriden, mit Glatze und dicken Brillengläsern. Ibra Kassé, dessen Geist hier noch immer herrscht, wenn er nicht gar herumspukt, im *Miami Night*, seinem Traum, seinem Werk. Er hat dem Club den letzten Abschnitt seines Lebens gewidmet. Ibra Kassé ist zu einem wichtigen Teil der Geschichte des Senegal geworden, er gehört zum Kollektivgedächtnis des Landes, seine Lebensgeschichte ist auf immer in aller Munde, wie ein Volksmärchen. Eines Tages wird er der Held eines fünfzehnbändigen Romans sein, wird ein Film ihn unvergeßlich machen. Ihm zuliebe, der musikalischen Erinnerung des Senegal zuliebe müssen wir ohne weitere Umwege unseren Auftrag erledigen.

Auch wenn Ibra nicht mehr da ist, der Nachtclub ist

gut besucht. Heute, Samstag, zu vorgerückter Stunde, sind alle hier eingelaufen, um sich auszutoben. Die Brüder Kassé auf der Bühne sind unglaublich, sie singen und tanzen M'balax in immer neuen, einander überbietenden Bewegungen, Schritten und virtuosen Wortkaskaden. Der Dancefloor ist elektrisiert, die Beats schleudern die Tänzer in die Luft, daß Beine und Lungen fliegen. Der Tanz im Senegal ist ebenso sportlich, körperlich wie kunstvoll. Ich konzentriere mich derweil auf meine Diät, d. h., ich wechsle zwischen Flag und Flägchen ab, zwinge mich zu nichts, besaufe mich in aller Freiheit und fühle mich sauwohl. Pape scheint meine Warnungen doch noch erhört zu haben, er ist auf Tonic Water und künstliche Fruchtsäfte umgestiegen, die aber auch alle widerlich schmecken. Die reinste Chemie. Ich verzerre mein Gesicht zu Schmerz, Angst und Zorn, um ihm den Zustand vorzuspielen, in dem er sich bald befinden wird, wenn er sich weiterhin diesen Scheiß reinzieht.

Alioune Kassé, der älteste der Brüder, gesellt sich zu uns. Wir beglückwünschen ihn zum gelungenen Auftritt. Pape spricht mit ihm ein bißchen über seinen Vater, die Welt und den lieben Gott – Allah Akbar natürlich. Alioune Kassé bedankt sich für unser Lob und unsere Aufmerksamkeit. Ich wage zwei Wörtchen in Richtung Clovis Mendy. Kassés Gesichtszüge erstarren, sein Blick verschließt sich. Da habe ich wohl einen Fehler gemacht oder bin ihm zu nahe getreten, ich weiß es nicht. Kassé sagt etwas zu Pape, auf Wolof. Obwohl ich mittlerweile ein paar Worte und Ausdrücke gelernt habe, kann ich nichts verstehen. Pape antwortet ihm. Ich spüre, daß er mich verteidigt. Nein, ich sei kein Bulle, nein, ich suche keinen Ärger, ja, Clovis sei ein Freund von mir gewesen, ja, ich sei ein «Kollege» von O. Chiminh und X2N, den zwei Journalisten aus Paris. Aber nichts zu machen. Alioune Kassé kann sich nicht beruhigen. Ich versuche, mich zu entschuldigen. Aber er spricht weiterhin nur mit Pape und läßt mich links liegen. Also gut, dann gehe ich eben an die Theke. Ich bin ziemlich wütend und bestelle gleich zwei Bier auf einmal.

Voller Lust stürze ich mich in den Abgrund, in den Nebel meiner Flags – zwischenzeitlich muß ich übrigens dreimal pissen.

Pape kommt zu mir an die Theke.

«Nimm's ihnen nicht übel», sagt er. «Die haben bloß alle Angst. Sie wissen zwar nicht, wovor, aber sie haben Angst. Sie wollen keinen Ärger, sagen sie.»

«Tja, und was machen wir jetzt, Pape?»

Aber meine Frage bleibt unbeantwortet, da Pape von einer jungen Frau begrüßt wird. Sie trägt ein buntes Gewand in wunderbar abgestimmten Farbtönen und strahlt übers ganze Gesicht. Sie ist klein und zierlich, ihre Handgelenke sind schmal, ihre Wangen rund. Sie hat Augen wie ein Reh und eine Haut wie Karamel. Pape stellt mich vor. Da gibt's nichts zu sagen. Sie ist einfach entzückend.

Ohne zu zögern, frage ich höflich:

«Wie heißen Sie, Mademoiselle?»

Meine simple Frage reicht aus, um sie zum Lachen zu bringen. Sie ist hoch erfreut. Welch ein Erfolg.

«Mein Name ist Rokhaya», sagt sie mir, «Rokhaya Diallo, aber alle nenne mich Mama, ganz einfach Mama.»

Ich wiederhole ihren Namen:

«Mama. Ist ja kinderleicht.»

Darüber amüsiert sie sich schon wieder köstlich, völlig grundlos, nur um sich zu amüsieren. Ich bewundere Menschen, die einfach so, ohne großen Anlaß, gerne lachen. Sie haben sofort mein Vertrauen, meine Zuneigung. Mama hat mir auf der Stelle den Kopf verdreht.

Pape klopft mir auf die Schulter. Über die betäubenden Dezibel hinweg, die aus den Lautsprechern dröhnen, schreit er mir direkt ins Ohr:

«Mama ist eine enge Freundin von Coumba N'diaye, die mit Clovis zusammen war. Es wäre vielleicht nicht schlecht, mit Coumba zu reden. Das könnte doch interessant sein für uns, oder? Wenn Sie wollen, kann uns Mama morgen zu ihr bringen.»

«Und ob ich will!» Ich gestikuliere heftiges Einverständnis.

«Es könnte allerdings etwas trostlos werden», warnt mich Pape klugerweise. «Coumba N'diaye ist in Trauer, und Mama sagt, sie sei sehr niedergeschlagen.»

«Ja, das ist normal», antworte ich, ohne richtig zuzuhören. Ich habe Mama nicht aus den Augen gelassen.

7
DAKAR RAP

MITTEN IN DER NACHT werde ich wach. Getrampel im Flur wie beim Start eines Galopprennens. Ist das ein Alptraum, oder was? Obwohl der Ventilator inzwischen repariert ist, läuft er nicht. Der Strom ist ausgefallen. Mir ist heiß. Halb verschlafen, benommen wie ein Schlafwandler, taste ich nach dem Wecker. Scheiße! Halb vier morgens! Ich höre laute Stimmen, Geschrei, Weinen. Jemand schreit um Hilfe. Was ist da bloß los? Ich stemme mich aus dem Bett, kratze mich an den Eiern, steige in die nächstbeste Unterhose, ziehe ein herumliegendes T-Shirt auf links an. Was ist denn da los, verdammt noch mal? Schließlich höre ich das schrille und gleichmäßige Heulen jener Sirene, die man immer sofort erkennt. Polizei! Schnell steige ich in meine Hose, pisse noch eben ein paar Flägchen in die

Kloschüssel – das meiste geht im Dunkeln daneben –, spritze mir ein bißchen Wasser ins Gesicht und stürze auf den Flur.

Unten steht Abdou im Pyjama, in Tränen aufgelöst, und zittert am ganzen Leib.

«Tot! Er ist tot!» stammelt er. Abdou wird von Schluchzen und Schluckauf geschüttelt. Er steht unter Schock.

Boubacar, der Nachtwächter, hatte sich gewundert, daß die Tür von Moustapha Koné offenstand, und war eingetreten, um nachzusehen, ob alles in Ordnung war. Aber statt sich hiervon überzeugen zu können, fand er den Chef des African Festival und Besitzer des *Tringa* mit fein säuberlich durchtrennter Kehle in einer Blutlache auf dem Boden liegen. Die tiefe Wunde, ein einziger Schnitt, läßt auf ein Metzgermesser schließen.

Moustapha Koné wurde auf dieselbe Art und Weise ermordet wie Clovis Mendy, der Manager von Total African Groove. Grauenhaft.

Boubacar hat nichts gesehen, nichts gehört. Er ist erschüttert und verwirrt, alles zugleich. Er schwört bei Allah, er rechtfertigt sich, stammelt, stottert.

«Ich habe auf meiner Matte gedöst», sagt er nur. Er hat das Verbrechen entdeckt, als er seine Runde gedreht hat. Wie gewöhnlich sind die ganze Nacht über Besucher zu Moustapha gekommen, mit denen er sich unterhalten hat. Musiker mit Probeaufnahmen, Journalisten, um ihn zu interviewen, Freunde, um kurz hallo zu sagen, Fremde, um Geschäfte zu machen. Moustapha Koné empfängt wie ein großer Marabout. Und es kommen auch alle zu ihm wie in eine Sprechstunde.

Die Polizei hat das *Tringa* fest im Griff. Jeder muß sich

ausweisen. Ich zeige meinen Paß und bin Tourist, natürlich. Der Hauptkommissar, ein gewisser Leutnant Diop, gähnt. Ihm ist es sowieso scheißegal. Er ist nur sauer, daß man ihn wegen so einer häßlichen Sache aus dem Bett geholt hat. Er läßt einen Krankenwagen kommen, zum Abtransport der Leiche.

«Merci, Monsieur», sagt er und gibt mir die Papiere zurück. «Wir werden Ihnen, falls es nötig ist, noch ein paar Fragen stellen. Ich bitte Sie, die Stadt einstweilen nicht zu verlassen. Jetzt können Sie wieder schlafen gehen. Merci.» Kurz und bündig. Schmerzlos.

• • •

«Sie müssen hier ausziehen!» Pape ist in größter Unruhe. Der Mord hat ihm ziemlich zugesetzt – kein Wunder. «Du mußt einige Zeit bei mir wohnen. Wenn die Mörder und ihre Hintermänner wissen, was wir vorhaben, gebe ich nicht mehr viel auf unser Leben.»

«Die wissen bestimmt schon Bescheid. Also ist es völlig egal, ob wir hier oder woanders sind.»

«Du wirst auf keinen Fall im *Tringa* bleiben», regt sich Pape auf. «Sie müssen mir vertrauen. In meinem Viertel, in Derklé, sind Sie sicher. Dort kann uns niemand finden. Mein Haus ist sehr gut bewacht.»

Pape muß mich nicht länger überreden.

«Gut, Pape, laß uns gehen!» sage ich.

«Sehr vernünftig», kommentiert er erleichtert meine Einwilligung.

Ich habe sowieso keine Lust, im *Tringa* zu bleiben. Was habe ich hier denn noch verloren? Die Stimmung wird traurig sein. Moustaphas Tod kam so plötzlich, daß es allen vorkommt, als wäre er noch am Leben, nur kurz weggegangen oder auf Reisen – wie sonst auch. Als könne er jeden Moment zur Tür hereinkommen oder erst morgen oder in einer Woche, einem Monat oder noch später. Aber nein. Moustapha Koné wird das *Tringa* nie mehr betreten, nie mehr mit seinem stoppeligen Kinn, dem schief aufgesetzten Hut und der Marlboro zwischen den Lippen hier herumstehen. Dabei hatte man doch eigentlich geglaubt, diese Kippe würde nie ausgehen. Er ist endgültig von uns gegangen, tot, ermordet. Mit dem Metzgermesser auf bestialische Weise kaltgemacht.

8 **HEUTE MORGEN** auf dem Weg zu Mama ist Pape superschlechter Laune. Er zieht ein Gesicht, redet kein Wort. Das ist sonst nicht seine Art. Pape ist zwar kein Dauerquaßler, aber doch normalerweise recht gesprächig, er teilt sich gern mit, er braucht das. Ich frage ihn nach den Gründen seines Schweigens.

«Ich lege keinen gesteigerten Wert darauf, mein Leben mit durchschnittener Kehle zu beenden», sagt er, schluckt und faßt sich an den Hals. «Das Leben ist lang, sehr lang, und wenn Sie es genau wissen wollen, ich wünsche mir, daß meines so lange dauert wie möglich.»

Pape hat also Angst um sein Leben. Sieht sich schon im eigenen Blut, mit aufgedunsener Zunge, den Kopf abgeschnitten oder doch fast und auf direktem Weg ins Paradies oder … in die Hölle.

Ich versuche, ihn zu beruhigen.

«Aber Pape, ich leg doch auch keinen Wert drauf, mein Leben zu beenden, weder hier noch jetzt, noch so. Und außerdem, wer sagt denn, daß man dir den Hals abschneiden wird? Diese Geschichte betrifft dich doch gar nicht direkt. Die haben es ja offensichtlich nur auf Leute aus dem Showbusineß abgesehen.»

Ehrlich gesagt, glaube ich nicht mal die Hälfte von dem, was ich rede.

«Vielleicht hast du recht, aber ich hab das Gefühl, daß wir unsere Nase in Dinge stecken, die uns nichts angehen», gibt Pape zurück.

Ich antworte wie aus der Pistole geschossen:

«Wenn *wir* uns nicht um diese Geschichte kümmern, wer soll es denn dann machen? Die Polizei vielleicht? Träum weiter! Du weißt so gut wie ich, daß sich die Bullen einen Scheiß darum kümmern. Es sei denn, man schmiert sie kräftig, was wir nicht können und auch nicht wollen. Vergiß nicht, mein Alter, wir tun das hier aus Freundschaft.»

Ich habe Pape mit meiner flammenden Rede wieder verunsichert. Ganz ohne es zu wollen, bin ich laut geworden.

«Mir scheißegal», preßt er zwischen den Zähnen hervor.

Ich weiß, oder zumindest versuche ich mir einzureden, daß Pape nicht einen Augenblick ans Aufgeben denkt.

Ich werde sauer.

«Hör mal zu, Pape, es bleibt dabei. Du hast versprochen, mir bei der Suche nach dem Mörder von Clovis zu helfen. Es dürfte wohl dasselbe Arschloch sein, das Moustapha massakriert hat. Oder zumindest steckt derselbe Dreckskerl dahinter. Jetzt ist es zu spät, um einen Rückzieher zu machen. Kommt überhaupt nicht in Frage aufzuhören! Wir ziehen das jetzt durch, bis zum Schluß, klar? Wir haben einen riesigen Haufen Scheiße umzuwühlen. Und selbst wenn es dich ankotzt, das zu hören: Die Geschichte fängt gerade an, mir Spaß zu machen! Ich will endlich kapieren, was hier los ist, verstehst du?»

«Schon gut, Gabriel, schon gut», antwortet Pape und wendet den Blick ab. Er sieht nicht so aus, als hätte ich ihn überzeugt, aber wenn Pape auch manchmal zweifelt, normal, vor allem unter so dramatischen Umständen, so heißt das noch nicht, daß er sein Wort bricht. Eine Frage der Erziehung, letztlich. Und Pape hat eine gute genossen. Er steht zu seinem Wort, immer. Ein schöner Zug.

• • •

Mama wohnt in der Stadt, ganz in der Nähe des *Tringa*. Um zu ihr zu fahren, müssen wir eine Reihe von blaugelben Kleinbussen, sogenannten *Cars Rapides*, benutzen, die mit Sprüchen zu Ehren von Scheich Ahmadou Bamba («Mame Bamba dieure dieuf!»), dem Schutzheiligen der Mouriden, bekleckst sind. Der mächtigen Bruderschaft der Mouriden gehören alle *Cars Rapides* in Dakar und Umgebung, mehr noch, sie beherrschen praktisch das öffentliche Transportwesen der gesamten Region. Das ist nicht weiter verwunderlich, denn es war kein anderer als Scheich Ahmadou Bamba, der den Senegalesen geraten hatte, sich wirtschaftlich unabhängig zu machen und sich vom kolonialistischen Einfluß Frankreichs zu befreien.

Scheich Ahmadou Bamba, der Ordensgründer, wird als größter Nationalheld des Senegal verehrt. Am Ende des letzten Jahrhunderts hat Mame Bamba die Senegalesen vereint, mit Hilfe des Islam und eines Projekts, das dem wirtschaftlichen Leben des Landes einen wahren Aufschwung beschert hat. Obwohl er 1927 in Diourbel gestorben und in Touba beigesetzt ist, wo er in seinem Mausoleum ruht, sind sein Geist und seine Lehre noch immer lebendig, heute stärker noch als früher und zukünftig mehr denn je. Staatskrise und Staatsbankrott tragen dazu bei, daß sich immer mehr Senegalesen dem Mouridismus zuwenden. Sie sehen im Zusammenhalt und in der Dynamik dieses Ordens die einzige Alternative zu Verzweiflung, Handlungsunfähigkeit und Überdruß.

Die *Cars Rapides* sind Kleinbusse von Renault. Sie stammen aus den sechziger Jahren und bestehen meist nur noch aus der Karosserie und der allernötigsten Technik. Ein Lenkrad haben sie alle noch, aber von Stoßdämpfern oder Spurstangen ist nichts mehr übrig. Sie holpern und scheppern über die Straßen von Dakar, und um sich im Großraum der Stadt fortzubewegen, sind sie noch ganz brauchbar.

Im Zentrum allerdings dürfen sie nicht fahren. Zu oft bleiben sie liegen, verursachen Unfälle und Staus. Wir steigen an der «Garage» aus – so heißt die Endstation in Medina – und gehen zu Fuß weiter. Pape ist jetzt etwas entspannter und pfeift vor sich hin. Ich bin wie immer fasziniert von der Stimmung auf den Straßen, beobachte die Friseure, die ihren Kunden die Haare am Straßenrand schneiden und mit ihnen über Frisuren diskutieren. Die Preise haben sie auf Schilder gemalt, die aussehen wie Gemälde des Zöllners Henri Rousseau. Überall sieht man Handwerker bei der Arbeit, in jedem Haus gibt es einen Laden …

Mama wohnt noch bei ihrer Familie, zusammen mit Vater, Mutter, Brüdern und Cousins. Im Senegal ist es ganz normal, mit zweiundzwanzig Jahren noch bei den Eltern zu leben. Auch Pape wohnt noch bei seiner Mutter, und er ist zehn Jahre älter als Mama. In Dakar ist Arbeit ein Luxus, den sich nur wenige leisten können. Man hat den Zustand der totalen Arbeitslosigkeit erreicht, und die Mädchen, na ja … Mama wird erst zu Hause ausziehen, wenn sie verheiratet ist, doch auch Ehemänner sind rar in letzter Zeit. Dabei ist ein Ehemann alles, was sie sich wünscht, Liebe, Kinder! Die

Männer, die in Frage kommen oder für die sie sich interessiert, haben alle kein Geld. Ja, die jungen Leute sind vollkommen pleite, sie können keine Familie ernähren. Und so lebt man zu zehnt von der Rente des alten Vaters, der zu Zeiten der französischen Kolonialherren Beamter war. Ein ausgelaugtes Erbe der erschreckend französischen Kolonialbürokratie, das den Landeshaushalt fast zu ersticken droht. Irgendwie hängt alles miteinander zusammen.

Doch das Leben bei den Eltern stört Mama überhaupt nicht, da sie doch eine gewisse, begrenzte Unabhängigkeit hat, vor allem in sexueller Hinsicht. Sie geht aus, wann und mit wem sie will, und sagt ihren Eltern nur, daß sie weggeht, mehr nicht.

Wir trinken Tee, und als der Muezzin ruft, verbeugt sich Pape gemeinsam mit den anderen anwesenden Männern im Hof zum dritten Gebet an diesem Tag. Mama fragt mich, ob ich Moslem sei. Nein, sage ich etwas verlegen. Eigentlich hab ich mit Religion nichts am Hut, und wenn überhaupt, dann bin ich dagegen. Sie läßt sich von meiner höflich abwehrenden Grimasse nicht entmutigen und meint, ich solle doch konvertieren. Gott ist allmächtig, und Mohammed ist sein Prophet. Im Prinzip hat sie sicher recht, ich würde das niemals anzweifeln ...

«Mal sehen, vielleicht später mal», sage ich leicht amüsiert.

Ich weiß nicht, ob es angebracht ist, über ein solches Thema zu scherzen.

• • •

Der Vorort *Parcelles Assainies*. Wie Albert Londres in *Terre d'Ebène* es ausdrückte: Es ist weit über 50 Grad heiß in der Sonne, denn Schatten ist sowieso weit und breit keiner. «Mann, ist das eine Hitze», stöhnt Pape. Er ist schon wieder stinkig.

Nichts als Sand, ein lebhaftes Orange. Die Wüste gewinnt jedes Jahr an Boden, an den Toren Dakars ist sie bereits angekommen. Es regnet immer seltener, irgendwann wird auch Dakar austrocknen.

Hier, am Stadtrand, mitten im Wüstensand, steht das *Stadion der Freundschaft* – ein nackter, grauer Betonklotz. Ein starker Kontrast zur Umgebung. Über 70 000 Zuschauer passen da rein, und es hallt heute noch wider vom glorreichen Sieg der *Éléphants* von der Elfenbeinküste, die hier 1992 beim Afrikacup gegen Ghana gewannen. Ein seltsam angestrengtes Spiel, bei dem sich die beiden Mannschaften eher vernichteten statt begegneten. Null zu null nach zwei unerträglichen Runden im Elfmeterschießen. Und dann kommt Tiehi Joël. Der haut seinen Elfer – es war der zehnte – an den Pfosten! Und dennoch Glück für die Spieler von der Elfenbeinküste. Ihre Talismane sind stärker als die der Ghanaer. Die Trommler, ihre Hexenmeister, dreschen drauf wie die Verrückten, und mit überdrehten Gesängen und entfesselten Rhythmen geschieht natürlich das Wunder. Ihr Torhüter, Gouamáné Alain, der in Toulouse als Nummer 2 eine wenig überzeugende Vorstellung bot, hält zwei Elfer in Folge. Der Kapitän Traoré Abdoulaye, der König der *Éléphants*, darf frohlocken. Er schwingt die Trophäe. Houphouët, der Ministerpräsident der Elfenbeinküste, ergreift die Gelegenheit und hält live eine einstündige Rede im Fernsehen, es war sein letzter ehrenvoller Auftritt. Aber noch heute läßt man sich lang und breit darüber aus, daß Abedi Pelé in den Reihen der Ghanaer an jenem Tag fehlte. Er, die Nummer 10 von Olympique Marseille (später spielte er dann bei 1860 München), ihr Techniker und charismatischer Spielführer, war wegen zwei roter Karten ausgerechnet an diesem Tag gesperrt. Hätte der Zauberer mit dem geschmeidigen rechten Fuß das Blatt noch wenden können? Nun, das weiß Gott allein. Wir Sterblichen können von den Ergebnissen nur träumen.

Parcelles Assainies, trockengelegtes Land. Erst vor wenigen Jahren wurde hier das Stadtrandgebiet zur Bebauung freigegeben, eine Senke, die entwässert, deren Bodenzusammensetzung verbessert wurde. Daher der Name. Das Viertel verfolgt ein ehrgeiziges Ziel. Es soll zu einer relativ wohlhabenden, vornehmen Wohngegend werden. Einige Häuser sind noch im Bau, andere, kaum fertiggestellt, sind schon bewohnt.

Alles ist ruhig. Bei dieser Hitze bleibt man lieber zu Hause und versteckt sich vor dem Feuer, das vom Himmel fällt. Selbst die Geschäfte sind geschlossen. Der Sand auf den Straßen ist so heiß, daß er einem die Fußsohlen durch die Sandalen hindurch verbrennt.

Mama klopft an.

Wir warten bestimmt fünf Minuten. Dann wird die Tür einen Spaltbreit geöffnet, und eine alte Frau fragt, wie wir heißen und was wir wollen.

«Salam aleikum!» sagen wir im Chor.

«Maleikum salam», antwortet die Alte.

«Ana Coumba?» fragt Mama.

«Xarral toutti», befiehlt uns die Alte.

Sie schließt die Tür. Wir warten. Nach einer Weile wird wieder geöffnet.

«Kaï fi», sagt die Alte, und wir treten ein. «Mame Coumba min sibirr», fügt sie noch hinzu.

Am Ende des Flurs, am Fuß einer großen Steintreppe, hängt im Halbschatten ein riesiges Porträt von Scheich Ahmadou Bamba. Er sieht uns direkt an, seine Augen sprechen mit uns, aber nur seine Augen, das übrige Gesicht ist von einem weißen Turban verdeckt. «Dieuredieuf Mame Bamba», murmelt Mama. «Allah-dou-lihlah!» fügt Pape hinzu.

Dunkel ist es, alle Lampen sind gelöscht. In einem sehr großen Salon mit weiß verputzten Wänden erwartet uns Coumba. Sie liegt halb auf oder vielmehr in ihrem Sofa, wie eine biblische Gestalt oder vielleicht doch eher wie Kleopatra, Cäsar mit einem Steifen zu ihren Füßen. Die junge Frau trägt mehrere Schichten schwarzer, durchsichtiger Tücher, und ein Lichtstrahl, woher auch immer, zeichnet ihren schlanken, vollkommenen Körper nach. Kleine Brüste mit großen, erigierten, dunkelrosa Brustwarzen. Sie sitzen sehr hoch und fallen genauso, wie es sein muß. Ein göttlicher Busen, wirklich.

Coumba schweigt. Die Alte bringt ein Tablett mit Erfrischungsgetränken, in der Tat genau so viele Cola mit Eis wie Gäste im Raum. Mit großem Durst machen wir uns darüber her, selbst ich trinke mein Glas leer, vergesse im Moment die feindliche Natur dieses Gesöffs, das ich eigentlich verfluche, das mir hier aber das Leben rettet. Mein T-Shirt könnte ich über einem Eimer auswringen.

Coumba entschuldigt sich, daß es weder Klimaanlage noch Ventilator im Haus gibt. Macht nichts. Dann tropfen wir halt.

Pape stellt mich kurz vor. Er erklärt ihr unseren Auftrag, den Grund für unseren Besuch. Coumba bleibt distanziert, sie ist weit weg. Einmal frage ich mich sogar, ob sie uns überhaupt zuhört. Vielleicht ist sie durch den brutalen und abscheulichen Tod von Clovis verrückt geworden. Aber nein, Coumba hebt den dünnen Schleier, der ihr Gesicht verdeckt, und lächelt uns an. Wie sagt man? Ein Euphemismus? Eine Litotes vielleicht? Ein Gemeinplatz? Es ist jedenfalls keine Banalität, nein, wahrhaftig nicht, wenn ich sage: Coumba ist sehr schön. Ihr vollkommenes Gesicht, die Züge wie von berühmter Hand fein gezeichnet, drückt Anmut und Ruhe aus und Charakterstärke. Ihre Augen sind die eines Rehs und eines Wolfs, die sich vereinigen, um wunderbare Mischlingskinder zu zeugen. Obwohl sie verletzt und unglücklich ist, hat sie ihre Selbstsicherheit, ihre Stärke nicht verloren.

Coumbas Stimme klingt entschlossen, aber nicht hart, und melodiös wie der Gesang der Sirenen.

«Clovis ist tot», beginnt sie, «und ich will nicht, daß er umsonst gestorben ist. Wer auch immer der Schuldige ist, er muß für seine Tat bezahlen.» Während sie das sagt, verliert ihre Stimme etwas an Geschmeidigkeit, wird brüchig wie alter Stuck.

Ich merke, Coumbas Willen ist eisenhart. Die Anspannung, in der wir uns alle befinden, läßt mich ein Stück weit los, und ich stelle ihr aufs Geratewohl eine Frage:

«Wie war Clovis, bevor», ich zögere, «bevor ...»

«In der Zeit vor seinem Tod, meinen Sie? Um ehrlich zu sein, in letzter Zeit hat er kaum über seine Geschäfte gesprochen. Ich glaube, etwas hat ihn beunruhigt.»

«Beunruhigt? Wie lange schon?» frage ich.

«Ungefähr seit einem Monat lief es nicht so gut. Er hatte immer weniger Zeit für mich, aber das lag nicht an mir, das weiß ich. Er hat mich geliebt, verstehen Sie?» Und ob ich das verstehe! «Nachts war er oft unterwegs. Im *Miami Night*, aber auch in anderen Bars, glaube ich.»

Ich wende mich an Pape.

Es muß irgendwas passiert sein, aber was?

«Es ist so schrecklich, was mit Clovis geschehen ist», fährt sie fort, «so ungerecht. Warum gerade er? Jede Nacht habe ich blutige Alpträume und sehe Clovis, wie er von Schatten verfolgt wird ... Ich werde noch verrückt, wenn das so weitergeht.» Coumba redet plötzlich wie im Fieber. «Das kleinste Geräusch, eine abrupte Bewegung, der Blick eines Unbekannten auf der Straße oder Ihr, gerade eben – alles versetzt mich in Panik! Ich bin schreckhaft, wage mich nicht mehr aus dem Haus ...»

Sie atmet immer hastiger, Angst und Trauer hausen in ihr und wühlen sie ganz entsetzlich auf.

«Da kann man ja auch ausflippen», flüstere ich Pape zu. Mit einem Blick weist er mich zurecht.

«Beruhige dich, Coumba, ich bitte dich, meine Liebe», sagt Mama, «warum fährst du nicht für ein paar Tage aufs Land», rät sie ihr. «Bitte deine Brüder, dich zu begleiten.»

«Ja, du hast recht, ich habe selbst auch schon daran gedacht. Übermorgen fahre ich weg. Ich habe viele Verwandte in der Nähe von Saint-Louis. Dort fühle ich mich sicher, da kennt jeder jeden im Umkreis von fünfzig Kilometern. Und in mein Dorf zurückzukehren wird mir bestimmt neue Kraft geben. Um zu vergessen, was man nie vergessen kann.»

Mama ergreift Coumbas Hände und drückt sie fest.

«Ja, das ist vernünftig, Mademoiselle», sage ich leise.

Pape nickt.

Wir lassen Coumba jetzt in Ruhe und gehen, auch wenn wir nicht sehr viel mehr wissen als vorher.

An der Tür drehe ich mich um und stelle doch noch eine Frage:

«Und was machen Sie sonst so, wenn ich mir diese Frage erlauben darf? Ich hoffe, ich bin nicht indiskret?»

«Aber nein, Monsieur, überhaupt nicht», antwortet Coumba mit einem Blick, daß sich unsere Augen fast berühren. «Ich bin Sängerin.»

Ihre Stimme, die Musik, ihre Schönheit, *die* Schönheit, müßte ich sagen, der Senegal …

• • •

«Vielleicht sollten wir einen Marabout zu Rate ziehen», versuche ich Pape aufzuziehen. «Damit er uns Glück bringt, die Zukunft vorhersagt, seine schützende Hand über uns hält!»

Pape springt sofort darauf an. Arglos greift er mein Angebot auf.

«Ja, vielleicht», meint er. «Ich kenne einen sehr guten Marabout in Pikine. Er ist sehr mächtig, er könnte uns sicherlich die Wahrheit sagen und Licht in die Sache bringen.»

«Und dann machen wir noch schnell 'nen Abstecher nach Barbès oder an die Place Clichy, wenn wir schon mal da sind, was? Nein, Pape, DAS WAR EIN WITZ!»

«Ein Witz?» fragt er ungläubig. «Ein Witz? Ah, Sie sind ein Komiker, was?»

Aus dem Munde von Pape klingt «Komiker» wie eine ernsthafte Beleidigung, so wie «Vollidiot», vielleicht sogar wie «Arschloch». Schnell mache ich einen Rückzieher.

«Das wollte ich nicht, wirklich nicht. Ich sollte keine Witze machen, ich wollte dich nicht für dumm verkaufen.»

Ich mache es nur noch schlimmer. Ich spüre, Pape ist echt wütend, und mir wird unwohl. «Verzeih mir, Pape, bitte!» Es ist mir ernst.

«Das war wirklich überflüssig», auch Mama ist pikiert.

Ich ziehe mich aus der Affäre, so gut ich kann. Was ist schlimmer, meine Unwissenheit oder meine Blödheit? Im Senegal genießen die Marabouts in allen Schichten der Bevölkerung absoluten Respekt. Sie sind die Experten im Lesen und Auslegen des Korans, Hüter des Wissens, nicht irgendwelche Scharlatane, folkloristische Elemente, wie man sie in Paris findet, am rechten Seineufer oder in den langen Gängen des U-Bahnhofs Nation-Porte-Dauphine. Keine schlitzohrigen Subjekte, die in den berühmt-berüchtigten Ausgängen der Metro Barbès, Anvers, Pigalle und Place Clichy irgendwelchen Verhuschten auflauern. *Du wirst alle Prüfungen bestehen, du und deine Lieben werden gesund bleiben, deine Frau wird zurückkehren und dir wie eine läufige Hündin hinterherrennen, du wirst viel Geld gewinnen etc.* Danke, kein Bedarf. Und nicht, weil ich ein schlechter Mensch bin.

Aber jetzt ist genug gestritten, finde ich.

«Wir sollten langsam mal voranmachen. Wir treten auf der Stelle. Meine Freunde, unsere Bilanz von heute ist folgende: Wir haben zwei Leichen zu verzeichnen und ebenso viele durchschnittene Kehlen, das Phantom eines Metzgermessers vielleicht, aber nicht die geringste Spur, nicht ein Indiz, keinen Schimmer, wo's langgeht.»

«Nicht gerade berühmt», gesteht Pape ein.

«Also, ich will dich mal in meine geheimsten Gedanken einweihen. Wäre es nicht endlich an der Zeit, Laurent Mamadi und Phil-I-Jay zu treffen? Total African Groove hat uns doch bestimmt einiges zu sagen. Es hat sich seit meiner Ankunft in Dakar dermaßen viel ereignet, wir hatten noch gar keine Zeit, sie aufzusuchen …»

«Ich wollte es gerade vorschlagen», unterbricht mich Pape.

«Okay. Super, schon unterwegs!»

Ich springe auf, plötzlich wieder voller Energie.

«Erst trinken wir Tee, dann können wir los», dämpft Pape meinen Elan.

Ataya. Der Tee macht in aller Ruhe dreimal die Runde. Das ist so Sitte. Ja, dreimal, der kochendheiße Tee, immer stärker und immer süßer. Ein köstliches Getränk in dieser Hitze, wenn die lastende, feuchte Luft das Denken schwermacht. Ataya, eine Sitte, die mich nach und nach ernsthaft in ihren Bann zieht.

• • •

Weiter geht's! In Taxis, mit denen verhandelt werden muß, *Cars Rapides*, die überhaupt nicht schnell, dafür gefährlich sind, Bussen, die total überfüllt sind und ständig liegenbleiben! Ich stehe im eigenen Saft, Arsch und Eier schwimmen im Schweiß, alles perlt und rinnt, von der Stirn, aus den Achselhöhlen, in denen die Haare wie Leim zusammenkleben. Wir schütten Unmengen von Flag und Coca-Cola in uns rein.

Amitié 3, HLM 7, Cité Baobab, Sicap (abgekürzt für Sociéte Immobilière du Cap-Vert) Liberté V und VI, Mermoz, Gueule Tapée («gestopftes Maul»?), Castor und Niari tali (zwei Straßennamen), Xali-Allah («Ich warte auf Gott») ... Alle Viertel Dakars ziehen im Eiltempo an uns vorbei, an Pape und mir, den Unermüdlichen. Point E, Grand Dakar, vorbei an Dieuppeul, bis nach Grand Yof! Pausenlos, kreuz und quer durchkämmen wir die Stadt.

Eines Abends verfahren wir uns total, auf dem Weg nach Ouakam, das ganz im Norden von Dakar liegt, beim Leuchtturm. Es gibt dort zwei Hügel, die beiden höchsten Erhebungen des Senegal, die die «zwei Titten» genannt werden. Dahinter liegt Amerika. Wir werden von der plötzlich einbrechenden Dunkelheit überrascht. Da das Taxi keine Scheinwerfer mehr hat, ist der Chauffeur total aufgeschmissen. Wir irren mit zwanzig Stundenkilometern über die Landstraße nach Nirgendwo. Eine Kurve nach der anderen, bergab, dann wieder bergauf ... Da taucht plötzlich ein Mädchen auf. Sie steht am Straßenrand und winkt. Wir halten, sie will nach Dakar, also nehmen wir sie mit. Sie stellt sich als Julie N'gom vor, zeigt uns den Weg, und so finden wir, zu unserer großen Erleichterung, aus dem Labyrinth heraus, zurück in die Realität.

Julie ist sehr hübsch, ihre Brüste sind rund und voll, genauso wie ihr Arsch. Ihr Gesicht ist schmal, ihre Haut so rein, so glatt, so jung. Sie hat Schlitzaugen wie ein Rehkitz mit einem afrikanischen und einem asiatischen Elternteil. Aber vor allem und überhaupt ist sie glühende Christin – die Christen sind eine verschwindend kleine Minderheit im Senegal – und besessen von der Idee des auferstandenen Jesus Christus. Julie schwebt in höheren Sphären. Die ganze Fahrt über unterhalten wir uns angeregt, Julie, Pape und ich. Vielleicht hört auch der Taxifahrer zu, wir wissen es nicht, er konzentriert sich auf die Straße vor ihm und hält das Lenkrad fest. Müssen wir uns an Gott wenden, um unsere Prüfungen zu bestehen? Im großen und ganzen haben wir ähnliche Ansichten über das Leben, die Liebe, das Paradies. Für mich das Paradies B, bitte! Dann reden wir richtig spirituell über Scheich Ahmadou Bamba. Moslems und Christen – Nazarener –, Juden, Animisten und Ungläubige, in einem Punkt sind wir uns alle einig: Mame Bamba ist ein Heiliger, oder ist ihm nicht der Geist erschienen? Ja, er hat im Wachzustand – oh, ich sage euch! – und bei klarem Verstand mit Gott geredet! Und Gott war ihm gnädig. Mame Bamba ist mit uns, ich sehe ihn, ich höre ihn. Es ist wahr. Es ist verrückt. Dann verschwindet das junge Mädchen in der Dunkelheit.

Einige Stunden vorher waren wir bei Scheich Sène, einem Künstler und Baay Fall. Die Luft bei ihm ist rauchgeschwängert von dicken, puren Joints, wie ein Hauch von Reggae hängen sie im Raum. Scheich Sène erzählt uns sehr ausführlich die Geschichte des seiner Meinung nach größten Marabouts aller Zeiten, Scheich Ibra Fall – ohne den es weder den Mouridismus noch Bamba geben würde –, und von seiner eigenen Gemeinschaft, den *Baay Fall*.

Unbeirrbar, die Augen verdreht, in einer Mischung aus Französisch und Wolof, in die ab und zu auch noch englische Ausdrücke einfließen, beginnt Scheich Sène:

«Als Scheich Ahmadou Bamba daranging, sein großes Werk zu vollbringen und die Landwirtschaft des Senegal neu zu organisieren, brauchte er Helfer. Zum Säen, Pflanzen, Pflücken, Ernten, Mähen, Bewässern und so weiter. Da kommt ein Mann zu ihm und stellt sich vor ...»

Scheich Sène hält einen Augenblick inne, um sich der Aufmerksamkeit seiner Zuhörer zu vergewissern. Wir sind ganz gespannt, und er zündet sich seinen Joint wieder an, der dummerweise ausgegangen ist, nimmt einen tiefen Zug, überlegt einen Moment, zeigt dann mit dem Finger auf uns und fährt fort:

«Dieser Mann hatte schon von Bambas Ziel gehört und wollte mithelfen. Dieser Mann ist ein Prinz der Tieddo, einer, der an Geister glaubt. Er stellt Bamba seine Männer zur Verfügung. Einziger Nachteil: Mit dem Islam kennen sie sich überhaupt nicht aus. ‹Ist nicht wichtig›, sagt Bamba, denn er will unbedingt, daß die Arbeit getan wird und das Werk vorankommt. ‹Ihr werdet direkt von hier ins Paradies kommen›, verspricht er ihnen. ‹Singt die Worte des Propheten nur dann, wenn ihr die Arbeit ruhen laßt.› Im Namen seiner Anhänger und seines Gewissens akzeptierte der Prinz den brüderlichen Handel. Er nahm sogar einen moslemischen Namen an, um zu zeigen, daß er es ernst meinte: Ibrahima Fall, Scheich Ibra Fall, Mame Scheich. So entstanden die Baay Fall, allesamt Arbeiter, Moslems zwar, aber wir beten nicht, sind von den fünf Pfeilern des Islam befreit und rauchen das gute, energiereiche Gras.» Scheich Sène schwenkt voller Stolz seine Grastüte.

«Wir sind stark und unabhängig», fährt er fort, «und stolz auf unsere Freiheit. In Touba, der heiligen Stadt Bambas, bewachen Baay Fall den Tempel und die Stadt. Touba, wo alles anfängt und endet. Die Baay Fall tragen Patchwork-Gewänder, am Gürtel einen Ndīaxass, eine Holzkeule, und Dreadlocks», erklärt er uns. Aber das haben wir schon selbst bemerkt. «Wir sind von der Idee her die Vorfahren der jamaikanischen Rastas.»

Der so intensive wie dichte magische Qualm verdreht uns das Hirn, meine Augen sehen, daß ich über dem Boden schwebe, Pape neben mir wird lang und länger wie im riesigen Spiegel eines Eispalastes. Wo sind wir?

«Ihr werdet euren Fall lösen», versichert uns der Talibé Baay Fall. «Ich zweifle nicht an euch, so wie ich nicht an mir oder an Gott zweifle. So ist es. Ihr habt den Heiligen Geist, ihr seid Baay Fall, ja Baay Fall, rek (was soviel heißt wie basta), du, Gabriel, und auch du, Pape. Botschafter! Söhne des Propheten! Gehet hin in Frieden, und folgt eurem Weg!» Er klatscht in die Hände und sssst! sitzen wir in diesem Taxi nach Nirgendwo, hier, da, verfahren uns und finden uns wieder. Auf dem richtigen Weg.

• • •

Auch Pape sieht einige Viertel seiner Stadt zum ersten Mal im Leben – so, als ob ich in die letzten Winkel von Aubervilliers oder Epinay vordringen würde. Oder von Montreuil! Ja, und Montreuil ist zwar sehr groß, aber Dakar ist riesig.

Wir fahren, fahren, fahren ... Die Straße am Meer, hinauf, hinunter, die kleinen Fischerdörfer von Lébons, wo es am Strand nach Erbrochenem riecht – jetzt schon? – das ist der getrocknete Fisch. Zu den Schlangeninseln fahren wir im Einbaum, durch die drei Meter hohe Brandung. Unser Bootsführer lacht nur, ich werde seekrank und, voilà, kotze alles voll. In den Ozean zu kotzen ist eine Erfahrung wert.

... Alle Straßen von Médina, alle Straßen von Kolobane!

Aber nichts zu machen. Wir verdoppeln, ja verdreifachen unsere Bemühungen, doch Laurent Mamadi und Phil-I-Jay sind aus Dakar verschwunden, weggeflogen, wie vom Erdboden verschluckt! Unmöglich herauszufinden, wo die zwei Superstars von Total African Groove abgeblieben sind. Es gibt eine Menge Gerüchte, die sich verbreiten wie ein Buschfeuer. Sie sind angeblich hier und gleichzeitig dort. Laurent Mamadi und Phil-I-Jay? Weggefahren, verreist, nach Frankreich, an die Elfenbeinküste, nach Mali oder Burkina Faso und Benin, nein, nach Togo, aber bestimmt nach Nigeria, sie sollen in Lagos, in Ibadan und Abuja auftreten. All diese widersprüchlichen Hinweise, von denen die meisten ja nur blühender Phantasie entspringen, sind ein bißchen viel für uns. Wir haben keine Zeit und erst recht nicht die Mittel, den beiden auf so langen Reisen zu folgen. Nein, Laurent Mamadi und Phil-I-Jay haben den Senegal nicht verlassen, da sind wir uns ziemlich sicher. Die Spuren sind absichtlich verwischt worden. Aber jetzt mal im Ernst: Was ist hier eigentlich los?

9 DAKAR RAP

Zu zwölft im Sammeltaxi, dazu der Chauffeur, brettern wir über die Landstraße Richtung Gambia, nach Kaolack. Ich kann kaum atmen, so bin ich eingezwängt zwischen zwei dicken Mamis – hat auch was, irgendwie. Ihre Ärsche sind dermaßen ausladend, daß ich nicht auf den richtigen Gedanken (für das passende Adjektiv) komme. Wie einen Grünschnabel haben sie mich eingepackt. Pape sitzt vorne, neben dem Chauffeur. Er hat es bequem und unterhält sich ganz vergnügt. Das wird mir bestimmt nicht noch mal passieren!

Was wir in Gambia zu suchen haben? Das frage ich euch! Zehn Stunden Fahrt, total unbequem, eine von beiden Seiten schwer bewachte und bewaffnete Grenze, ein Haufen korrupter und gereizter Zollbeamter. Auf dem Dach tonnenweise Krempel, unter anderem lebende Tiere (Schafe). Und all das muß verzollt werden. Pape war immerhin so nett, mich seelisch darauf vorzubereiten. Und dann, nachdem wir den Fluß Gambia überquert haben, der dem Staat den Namen gab, sind wir da, vielleicht nicht gerade im gelobten Land, aber immerhin am Ziel. Ein Land von «Komikern», so Pape, ohne Gesetz, ohne Ordnung, ohne ein Mindestmaß an Berechenbarkeit. Ich beklage mich dauernd, aber eigentlich tu ich nur so, als würde es mir nicht passen. In Wahrheit aber, da bin ich begeistert, denn ist das nicht das Abenteuer? Und ich mittendrin …

Aber warum sind wir jetzt eigentlich in Gambia?

• • •

Ja, als wir allen möglichen Spuren nachgejagt waren und alles unternommen hatten, um die beiden Stars von Total African Groove zu finden, und all unser Eifer am Ende nichts als heiße Luft gebracht hatte, da sind wir bitter enttäuscht zurück ins *Tringa* gefahren. Wir kamen uns ganz schön blöd vor, so machtlos.

Der Sitz des African Festival sieht verdammt zu aus. Wir hämmern an sämtliche Türen, aber niemand öffnet. Nichts, keine Menschenseele, nicht einmal der Geist Moustapha Konés, um uns einen Hinweis oder zumindest einen kleinen Tip zu geben. Wir wollen schon wieder enttäuscht abziehen, da taucht an der Kreuzung Abdou auf und schlendert geradewegs aufs *Tringa* zu. Er muß noch ein paar Kleinigkeiten abrechnen, Papiere ordnen, nach der Post sehen. Das *Tringa* bleibt für mindestens einen Monat geschlossen, läßt er uns wissen. Was danach passiert, weiß er nicht. Abdou ist dünn geworden, der Schock wahrscheinlich, jaja, nichts als Sorgen. Er ist froh, uns zu treffen, will was mit uns trinken gehen und nimmt uns mit ins *Siège de Gorée*, eine Bar unter freiem Himmel im Hafen, so eine Art Freihandelszone für Seeleute, nichts als Alk und Nutten.

Ich bestelle ein Flag, kein Flägchen. Ich habe Durst. Pape schnappt sich ein *Vimto Rouge*, eine Art Granatapfelsirup, der völlig überzuckert ist. Abdou bestellt sich auch ein Bier und zündet sich eine Dunhill an.

«Habt ihr 'ne Spur, Jungs?» fragt er unvermittelt.

Null Komma null null, aber das müssen wir ihm ja nicht direkt unter die Nase reiben.

«Mal sehen», äußert sich Pape vorsichtig.

Ich versuche es eine Spur offensiver.

«Und was wird aus dem *Tringa*?»

«Komplizierte Sache. Tatsache ist, daß das *Tringa* nicht African Festival gehört, sondern Teil des Deals mit Earth and Ocean ist. Wir haben ein Fax nach New York geschickt, um die Leute dort über die Ereignisse zu informieren ... über den Mord an Moustapha. Sie haben sich noch nicht gemeldet, keine Reaktion bisher. Alles beim alten. Ich warte und warte. Ich hab keine Ahnung, was ich machen soll. Versteht ihr?»

«Nein, nicht wirklich», sage ich wahrheitsgemäß.

«Moustapha war kein Senegalese. Er kam von Mali. Er hat keine Verwandten in Dakar. Der größte Teil seiner Familie lebt sowieso in Frankreich. Niemand kümmert sich um irgendwas, niemand weiß irgendwas. Keiner interessiert sich für seine Angelegenheiten, weder für die privaten noch für seine Geschäfte. Also totale Sackgasse. Alles liegt im dunkeln.» Abdou klingt erschöpft.

Er ruft die Bedienung und bestellt noch ein Bier – und auch gleich noch eins für mich –, dann fährt er fort.

«Moustapha hatte Projekte am Laufen, wichtige und heikle Projekte, das hat er mich wissen lassen. Aber ich kann nicht sagen, wo die Unterlagen abgeblieben sind, falls es überhaupt Unterlagen gibt. Moustapha ging furchtbar viel im Kopf rum (Abdou kratzt sich am Schädel). Ich habe mich immer nur um die paar Kröten gekümmert, die das *Tringa* abgeworfen hat», sagt er uns, vielleicht etwas zu bescheiden, «um das Personal, das Haus und daß die Zimmer sauber waren, wenn wir Gäste hatten – wie dich, Gabriel. Die Geschäftsführung eben!»

Pape hört dem banalen Redeschwall Abdous überhaupt nicht mehr zu. Uninteressant, denkt er zu Recht.

Abdou schwallt uns bloß den Kopf voll, er hat nichts zu erzählen, was uns irgendwie weiterbringen könnte. Er ist nur froh, uns zu sehen, ein Gläschen mit uns zu trinken oder zwei oder drei …

Mir geht es langsam auf die Nerven, ich such den Blickkontakt mit Pape und sehe, daß er dasselbe denkt. Wir vertun hier nur unsere Zeit.

«In Ordnung, Abdou, danke fürs Bier und die Unterhaltung, aber wir müssen los», sage ich und stehe auf.

Pape schließt sich mir sofort an.

«Prima, Jungs!» ruft Abdou herzlich. «Wann sehen wir uns wieder?»

«Mal sehen», antwortet Pape.

«Das soll wohl ‹Adieu› heißen?» schließt Abdou daraus.

«Nein, bis bald, Inschallah!» sage ich und bin mir ziemlich sicher, daß uns Abdou noch einmal über den Weg laufen wird.

«Ja, Inschallah, Inschallah!» erwidert er.

Schon wieder ein Schuß in den Ofen.

Wir lassen die Escale de Gorée, den Hafen, hinter uns.

«Was hältst du davon, Pape? Auch wenn er es nicht war, er verheimlicht uns irgendwas!»

«Er hat Clovis und Moustapha bestimmt nicht umgebracht», antwortet Pape, «ganz sicher nicht, also … Außerdem ist Abdou kein Mörder. Hast du gesehen, wie er abgenommen hat? Die hohlen Wangen, die Augenhöhlen und die fahle Haut? Der Typ ist fertig, sag ich dir.»

«Verdauungsprobleme, Dünnpfiff, Verstopfung …»

«Red keinen Quatsch!» unterbricht mich Pape. «Das sind die Sorgen und die Angst, verstehst du!»

«Kein Wunder, nach alldem …»

Pape regt sich auf, er fühlt sich im Recht und merkt nicht, daß ich ihn ärgern will.

Ich mache mir nur einen kleinen Spaß.

«Ist doch klar, Pape», lenke ich schließlich ein. Ich teile seine Meinung, ganz und gar.

Abdou ist unschuldig, vielleicht sogar selbst ein Opfer. Verdauungsprobleme im Herzen. Wird Zeit, daß Pulp über andere Möglichkeiten nachdenkt und das Unterste zuoberst kehrt.

Wir unterhalten uns weiter, diskutieren dies, verwerfen das, überlegen planlos hin und her, die Ideen werden immer absurder. Plötzlich klopft uns jemand auf die Schulter. Es ist Cissé, der Barkeeper vom *Tringa*. Na, so eine Überraschung! Schon lachen wir ihn an, Cissé aber ist ganz nervös, geradezu panisch.

«Pape, Gabriel, mehr kann ich euch nicht sagen, und bitte, stellt mir keine Fragen. Glaubt mir einfach, rek, mehr verlange ich nicht», fleht er. «Laurent Mamadi und Phil-I-Jay sind in Gambia, in Banjul wahrscheinlich. Zwei Typen sind letzte Woche nach Dakar gekommen und ...» Er sucht mit den Augen die Umgebung ab, «... und haben sie dorthin gebracht mit Gewalt, entführt sozusagen! Ja, man hat sie entführt!» Wir schauen Cissé ungläubig an. «Die zwei Typen hatten einen seltsamen Akzent, der eine sprach praktisch gar kein Französisch. Ich weiß nicht, ob das Leute aus Gambia sind oder was ... Also gut, ich verschwinde mal lieber und, ach ja, noch was, ganz wichtig: In Banjul, geht zu Mohammed Job, Avenue John-Barnes, Telefonnummer weiß ich nicht, werdet ihn schon finden ... Paßt auf euch auf, paßt wirklich gut auf ...»

Cissé nimmt die Beine in die Hand und verschwindet in der Menge. Pape will ihn zurückhalten, aber ich packe ihn am Arm.

«Ich glaube ihm», sage ich zu Pape. «Er sagt die Wahrheit, wir müssen ihm vertrauen, und wenn er in Ruhe gelassen werden will, sollten wir ihn auch in Ruhe lassen.»

Pape ist einverstanden. Er nickt zustimmend, ohne etwas zu sagen.

«Gut. Du weißt, was wir jetzt tun?» sage ich.

• • •

Ich mußte mich nicht nur verkleiden, sondern total verwandeln. Das war natürlich Papes Idee. Ich hab nichts dagegen. In meinem bewegten Leben, meinen Abenteuern, die nichts einbringen außer ein bißchen Freiheit, ein bißchen Revolution, in all dem Schlamassel hatte ich öfter Gelegenheit, meine Identität, mein Alter, meinen Wanst, mein Gesicht zu verbergen oder zu verändern.

Wir drehen also eine Runde über den *Marché Sandaga*. Der große Markt von Dakar, ein kunsthistorisches Monument, ist im sogenannten sudanesischen Stil erbaut, aus orangefarbenem Lehm, der wie grobkörniger Sand aussieht.

Pape kennt alle Läden, alle Waren. Die Tücher und Kleider aus dem Libanon haben es ihm besonders angetan. Vor allem muß ich passende Klamotten finden.

Der *Marché Sandaga* ist wie ein orientalischer Souk, nur auf afrikanisch. Ein unendliches Gewirr endloser Gäßchen, die einen manchmal zu einer glühendheißen Schmiede führen oder zu einem Bronzebildhauer oder auch in eine von außen nicht einsehbare Kellerküche, wo man für ein paar Francs eine Riesenportion *Tiep Bou Diene* essen kann – das senegalesische Nationalgericht aus Fisch und Reis. Oder man stößt auf eine Versammlung von Anhängern einer geheimen Sekte, die Gesichter in den Händen verborgen, tuschelnd, an Gebetsketten nestelnd, Psalmen singend.

Pape eilt schnellen Schrittes hindurch, ohne sich auch nur einmal umzudrehen. Plötzlich biegt er ab, ohne mich vorzuwarnen. Ich folge ihm, so gut es geht und versuche, den Löchern im gestampften Lehmboden, den seltsamen Unebenheiten der ausgetretenen Gehsteige auszuweichen. Überall, von der mehr oder weniger inspirierten Hand sämtlicher Maler Dakars, an jeder Tür, jedem Pfeiler, aber vor allem an jeder freien Wand, wie traditionelle, spirituelle Graffiti: Scheich Ahmadou Bamba. Stehend, im langen weißen Gewand der Wüste als Erinnerung an sein Exil in Mauretanien, das Gesicht vor der Welt verhüllt, dazu dieser einzigartige Blick. Und immer nur mit einem Fuß und einem Schatten für den, der fehlt. Das Porträt von Scheich Ahmadou Bamba, Mame Bamba, Khadimou Rassoul, Diener des Propheten.

Allgegenwärtig, eindringlich, auch ein bißchen beklemmend. Es ist nicht unbedingt eine negative Art von Beklemmung, auch Faszination ist es nicht, was von diesem Gesicht ausgeht, eher eine lebendige Präsenz. Ja, dieses Porträt lebt, das ist es! Mame Bamba begleitet seinen treuen Diener, seinen Talibé, jeden Tag, jeden Augenblick, ein ganzes Leben. Und immer wieder dieselbe Darstellung des Marabouts, in allen möglichen Nuancen, schwarzweiß, in klaren Farben, manchmal auch mehr in Grautönen oder mehr ins Ockerfarbene. Ästhetische Feinheiten.

Pape hat schließlich den richtigen Händler gefunden. Ich probiere einen großen Boubou an, das typische Gewand, wie eine Art Kutte. Er ist ein bißchen zerknittert, das ist gut. Beim Gehen verheddere ich mich und stolpere über den Stoff, aber es wird schon gehen, alles eine Frage der Gewohnheit, versichere ich Pape. Mit meinem inzwischen gebräunten Gesicht und den tiefliegenden Augen (ich hatte gestern abend Dünnpfiff, und zwar richtig – schießendes, stinkendes Wasser –, die ganze

Nacht hab ich den Arsch ins Loch gestreckt und mich mit einer Überdosis Flags geheilt ...) könnte ich ganz gut als Maure durchgehen oder zumindest als hellhäutiger Fulbe. Ich bedanke mich bei Pape. Ich finde mich in meinem großen Boubou sehr überzeugend. Im Spiegel kann ich mich von meinem neuen Image überzeugen, das noch vervollständigt wird durch eine ebenfalls weiße Hose, *Tchaya* genannt, und einen großen Turban, um mein Gesicht zu bedecken. Pape will mir die Technik des Turbanbindens zeigen, weiß aber selbst nicht so recht, wie das geht. Wir kämpfen ein wenig mit der Materie. Die Zeit verrinnt. Jeder hat noch was dazu zu sagen. Schließlich sitzt der Turban ziemlich schief, halb auf der Nase. Ich bekomme nicht mehr viel Luft.

«Perfekt, wirklich perfekt!» erklärt Pape entzückt. «Wie ein Erzengel. Gabriel kann ich dich jetzt übrigens nicht mehr nennen. Du heißt jetzt Djibril! Djibril Hadji Mouridoulahi! Das wird Mama gefallen!»

Ich bin ziemlich zufrieden mit mir. In den neuen Klamotten fühle ich mich wohl. Die Shorts und das Hemd schmeiße ich weg, Turnschuhe und Socken lasse ich liegen, statt meiner Utah-Jazz-Kappe trage ich eine kleine, runde mohammedanische. Jetzt bin ich Senegalese und Moslem, zumindest dem Aussehen nach. Womit ich nicht sagen will, daß mein Äußeres nicht auch mein Inneres beeinflußt. Wie jeder andere auch bin ich vor dieser Art Mystik nicht geschützt. Aber mir, Pulp, ist es immer leichtgefalllen, mein Äußeres und meinen Geist zu verändern und trotzdem ich selbst zu bleiben. Ich mische mich inkognito unters Volk, das ist vernünftiger. Jetzt kann ich endlich beobachten.

Es kommt hinzu, daß sich meine Mühe langsam auszahlt. Pape sei Dank kann ich mittlerweile zumindest so viel Wolof, daß ich mich durch ein kurzes Gespräch mogeln kann: Ich murmle einfach ein paar Wörter – so um die zehn –, die ich gut beherrsche, und lasse im übrigen mein Gegenüber quatschen. Eine sehr effiziente Technik.

Jeden Abend vor dem Einschlafen arbeite ich weiter, reiß mir echt ein Bein aus, das könnt ihr mir glauben. Ich übe einfache, oft gebrauchte Sätze: *Lo warr? Rrao ma si darra.* (Was erzählst du da? Das kapiere ich nicht.) *Ouye-la didièn bou rafette gueu.* (Oh, was für eine schöne Frau.) Ich lerne auch ein anzügliches Lied, um mir die Zeit zu vertreiben: *Sili silip, takk bétio gnone bané, Aïda sorra dina yenggou sou n'goné ...* (Ich zieh die Hose aus, du läßt den Schleier fallen, ja, Süße, ich lieb dich heute nacht ...) Die Töne sind gar nicht so leicht zu treffen, und auch den Satzbau verstehe ich nur teilweise, aber ich mache eine Art Crashkurs, und Pape hört mich ab. Wir lernen reihenweise Vokabeln und idiomatische Ausdrücke, ich verbessere meinen Akzent. Ich habe zum Glück ein ausgezeichnetes Gedächtnis, ja, ich bin einer von denen, die einen Text in Null Komma nichts auswendig können. Ich hätte Schauspieler werden sollen. Corneille, Racine, Shakespeare, alles hätte ich drauf!

Mein maßgeschneidertes Gewand und die tollen Fortschritte in der Sprache, ich muß schon sagen, ich fühle mich blendend.

Wir fahren kurz bei unserer Freundin Mama Diallo vorbei. Sie ist sehr zufrieden, mich in Boubou, Tchaya und Turban zu sehen. Ich finde, ich sehe geradezu klassisch aus. Mama meint, daß wir heiraten könnten, da ich ja jetzt Moslem sei. Sie lacht. Auch Pape findet das lustig. Und ich weiß nicht, ob sie sich nur einen Spaß mit mir erlauben. Wir trinken natürlich noch Tee, drei Runden, wie es sich gehört. Wir schieben die neueste Aufnahme von Total African Groove in den Kassettenrecorder. Kleine Ermunterung zu unserem Auftrag.

Pape weiß, daß wir nicht mehr viel Zeit haben. Die Zeit, die Zeit, die Zeit! Sie vergeht, und wir können sie nicht aufhalten. Eine Erfindung des Abendlandes! Ich werde ungeduldig. Zum Abschied ziehe ich Mama ganz dezent an mich. Sie ist umwerfend. Da hat es Pape plötzlich eilig – das ist doch die Höhe! Gerade er, immer muß er Tee trinken – da läuft er schon über den Hof aufs Tor zu. Wir gehen. Ich umarme Mama noch einmal kurz und küsse sie auf die Wange. Und noch ein bißchen auf den Hals. Sie würde so gern mit uns kommen und uns nach Gambia begleiten, weil sie noch nie dort war, und ich würde mich glatt dazu überreden lassen, aber für Pape kommt das überhaupt nicht in Frage. «Päpstlicher als Pape», ihr erinnert euch.

• • •

Völlig unerwartet verläßt das Sammeltaxi die mehr oder weniger asphaltierte Landstraße und biegt mit voller Geschwindigkeit in eine Piste ein, ohne Rücksicht auf den Wagen, einen alten Peugeot Kombi, der mit einer dicken Staubschicht überzogen ist und darunter mit lauter Suren zum Ruhme des Marabouts. Der Chauffeur trägt ein Wollmützchen auf dem Kopf, das er weit über die Ohren gezogen hat, und ist behängt mit Talismanen. Mit aller Kraft stemmt er das Lenkrad, das furchtbar zittert. Wir befinden uns auf der Ralley Paris–Dakar, ich schwör's. Und das eingeklemmt in einer Karre mit drei Sitzreihen. Affenbanden rennen mit dem Auto um die Wette und verschwinden wieder in der Landschaft.

Auf einmal halten wir am Straßenrand, was mich ein bißchen wahnsinnig macht. Pape verneigt sich zum Gebet und mit ihm alle andern, inklusive Chauffeur. Das

Gebet ist strengstes Gebot des Koran. Dann essen wir zur Stärkung Lammfleisch in dickem gelbem Fett und trinken braunes Wasser dazu. Ich begebe mich in den Schatten unseres Peugeot 504 und bemerke, daß der Wagen mit Winterreifen fährt. Für diese Sandpiste eine wirklich interessante Bereifung. Wir pissen alle noch, dann geht's weiter.

Als wir in Kaolack ankommen, trinke ich gleich eine ganze Ladung Flägchen, während Pape immer noch Cola süffelt. «Sag später nicht, ich hätte dich nicht gewarnt», ermahne ich ihn ein letztes Mal. Meine ständigen Unkenrufe, wie extrem nahrhaft Cola ist, findet er mittlerweile richtig lustig. Da ist nichts zu machen.

Wir halten am Busbahnhof von Kaolack. Einige Stunden Aufenthalt, offenbar grundlos. In der brütenden Hitze eine Übung in Geduld. Ich trinke eine Menge Flags, um die Zeit rumzukriegen und diesen ewigen Durst zu stillen, der mir Hals und Lungen verbrennt.

Außerdem nützen wir die Zeit, höchst konzentriert, und beraten lang und breit unser weiteres Vorgehen.

• • •

In Gambia müssen wir englisch reden, ein ganz besonderes Englisch, das mit Schulenglisch so gut wie nichts mehr zu tun hat. Ein Englisch mit Reggae-Anklängen, mit starken jamaikanischen, karibischen und kreolischen Akzenten, eine Art Rasta-Englisch in einem kleinen Land, Gambia, voller Banditen, Saï-saï, Straßenganoven und Gehsteigbetrügern. Pape sagt dauernd, wir sollten auf der Hut sein. «Wir müssen aufpassen! In Gambia haben sie alle einen Schuß», warnt er mich.

Mit dem Englisch komme ich dank ein paar trüber Uni-Erinnerungen irgendwie klar. Mit meinem Wolof-Mischmasch, ein paar Textzeilen von Bunny Wailer,

Bob Marley, Mikey Dread und Dennis Brown spreche ich eine seltsame Sprache, die keiner wirklichen Sprache im entferntesten gleicht. Pape hingegen ist sehr stolz auf sein Englisch. Er war mehrere Jahre regelmäßig im schottischen Kulturzentrum von Dakar. Dafür nennt man ihn jetzt Mister P. Und «pi» klingt wie das französische Wort für gottesfürchtig; zwar auch wie das für geschwätzige Elster, aber … «Man muß eine Sprache vor allem sprechen, wenn man Fortschritte machen will. Sonst lernt man sie nie», erklärt er mir. Ja, das habe ich schon gemerkt. Schließlich plage ich mich seit drei Wochen mit Wolof.

Wir überqueren die Grenze ohne größere Schwierigkeiten, abgesehen von den paar Stunden, die wir vor der Abfertigung warten müssen. Dann dürfen wir uns an die nächste Schlange anstellen, um den Fluß auf einem hundert Jahre alten Fährboot zu überqueren. Um uns eine unbeschreibliche Menschenmenge, zwei Lastwagen, die wohl aus dem letzten Krieg stammen (von den Engländern) und eine Schafherde. Die Tiere sind so abgemagert, daß ich sie für Ziegen halte.

An seiner Mündung ist der Gambia so breit wie das Meer. Der Wind, der vom Ozean her weht, ist erstaunlich frisch. Delphine begleiten uns, wohlwollende Meereskinder. Freundliche, treue, intelligente Freunde des Menschen, ein besseres Gegenüber. Die Leute hier verehren die Delphine als heilige Tiere. Sie haben recht. Die Delphine drängen sich an die verrosteten Wände der Fähre und schließen mit ihren Körpern die Löcher, verhindern, daß Wasser hineinläuft und wir sofort absaufen. Und wenn die Fähre dennoch kentert, stelle ich mir vor, dann setze ich mich auf einen Delphin und lasse mich am sicheren Ufer von ihm absetzen …

«Here we smoke freely!» verkündet der gambische

Zöllner mit durchdringender Stimme. Seine Augen sind knallrot wie ein afrikanischer Sonnenuntergang. Sein Lächeln, sein Temperament und seine heitere Stimme, belegt und erregt zugleich, verraten das magische Kraut, das er sich permanent reinzieht! Ist das nicht *La vie en spirale*, mit tonnenweise Ganja im Gepäck? Mindestens! O ja, wenn unsere Pariser Flics auch solches Zeug rauchen würden, sähe die Welt anders aus! Marihuana bringt Tugenden ans Tageslicht, von denen man nicht mal was ahnt. Schade eigentlich.

Ja, Gandja kreist völlig frei in diesem kleinen Land. Ein erster wichtiger Schritt hin zur sympathischen Anarchie, für deren Verwirklichung ich mich in meinem Leben einsetze. Hier will es das Glück, daß Kiffen keine Ordnungswidrigkeit und noch viel weniger ein Verbrechen ist, vielmehr darf jeder rauchen, soviel er will. Smokin' freely, ja, wie dieser Ausdruck hier doch geheiligt ist. Im ganzen also Freiheit, Gleichheit, Brüderlichkeit. Ich schlage das erste Kapitel von *La vie en spirale* auf und lese Pape ein paar Seiten vor. Wir vergleichen die Stelle, in der der Protagonist Amuyakar die Grenze nach Gambia überschreitet, mit unserer eigenen Erfahrung. Der realistische Gehalt dieses literarischen Werks, sein dokumentarischer und poetischer Aspekt wird uns schlagartig bewußt und berührt uns zutiefst. Abasse Ndione weiß, wovon er spricht.

Pape kifft nicht, aber er ist da wie ich; in bestimmten Momenten zeigt er sich doch solidarisch. Einige seiner Freunde sind Anhänger des «Kults», und wenn er mit ihnen zusammen ist, kann es schon mal vorkommen, daß er einen Joint dreht. Er ist sehr geschickt darin.

Seit wir in Gambia sind, fühlen wir uns besser.

Wir richten uns für die Nacht im Hotel Apollo im Zentrum von Banjul ein. Wir wechseln unsere CFA-

Francs in Dalasis um, das hiesige Geld. In Gambia gibt es keine Banken, man wechselt auf der Straße. Wir lassen uns Zeit, gehen hierhin und dorthin, diskutieren, verhandeln, um den besten Wechselkurs zu erwischen. Schließlich machen wir unser Geschäft mit einem riesengroßen Mann aus Kankan, Guinea, der nach Gambia immigriert ist. Er nennt sich Charles de Gaulle, ist unglaublich groß und trägt eine alte französiche Offiziersmütze – um eine bessere Figur zu machen und sein Pseudonym zu unterstützen, glaube ich. Seine zahlreichen Kunden rufen ihn alle beim Namen, und «Charles de Gaulle» klingt einfach unnachahmlich witzig, wenn es kreolisch-gambisch ausgesprochen wird.

Der Dalasi hat einen Tages- und einen Nachtkurs, einen Sonntags- und einen Samstagskurs. Das Geld verändert praktisch ständig seinen Wert. Sobald es Nacht wird, hopp, ist es mehr wert, und die Preise sind nicht mehr dieselben. Jeder spaziert mit einem Taschenrechner durch die Gegend. Wir besorgen uns einen auf dem Markt und bezahlen mit ein paar verwaschenen Scheinen. Das Preisschild ist unlesbar, und ich weiß nicht, ob ich 20, 200, vielleicht auch 8000 (die 2 ist nämlich suspekt in meinen Augen, aber Pape versichert mir, daß das niemals eine 2 und nur eine 8 sein kann) oder gar 200 000 dafür bezahle.

Ich habe Gambia sofort in mein Herz geschlossen. Dieses Land ist voller Phantasie und Humor. Bürokratie kennt man eigentlich nicht. Ein Taschenrechner im Hemd, und jeder kann den verschlafenen Beamten eines Ministeriums ersetzen, ohne daß das irgend jemanden irgend etwas kostet.

Das *Apollo* ist ein beliebtes Hotel bei Reisenden. Es ist so ein Zwischending zwischen einer Absteige, wo man ein Bett für eine Stunde mieten, ein dunkles Geschäft abwickeln oder anderen Schweinkram machen kann (man soll sich ja die Nacht über amüsieren, wozu sonst ist das Leben da?) – und einer korrekt geführten Pension. Es erinnert an das berühmte *Treichôtel* von Abidjan an der Elfenbeinküste oder das *Chelsea Hotel* auf der West Side von Manhattan. Zwar um einiges bescheidener, aber doch mit einem Minimum an Komfort und Sicherheit, dabei cool, durchgeknallt, obszön. Ein Hotel für Künstler auf Tournee, für Schwarzhändler, für abgebrannte Journalisten. Nicht zu teuer, aber doch so teuer wiederum, daß nicht jedes Arschloch hier absteigt.

In der Bar haben sie einen Barkeeper, der alles voll im Griff hat, sowie Heerscharen von Nutten, die zu allem bereit sind, vor allem zum Angriff, die nackten, großen Brüste gereckt, nichts als ein schmaler String über den Arschspalten und die blitzenden Zähne gebleckt zu einem fleischfressenden Lächeln.

Vorsicht, ihre Hände sind überall! Die meisten dieser Mädchen sind mit Messern bewaffnet. Sie schlitzen dir den Bauch auf, wenn du einschläfst, nachdem du gekommen bist. Sie sind so schön.

Pape lächelt, ich auch. Wir sind aber weder in Ferien noch auf Abspritztour. Wir reißen uns zusammen, was wahrhaftig ein kleines Wunder ist, das muß ich doch betonen. Unsere Schwänze bleiben schön brav in den Unterhosen. Wir träumen nur von diesen Schönheiten und ihren prallen Ärschen, die wir am liebsten Tag und Nacht vögeln würden, und von diesen schönen Brüsten, um sich die Eier damit zu streicheln. Und dann erst diese Münder …

Ich finde eine Postkarte (!) und eine Briefmarke (!) und schreibe an Cheryl, völlig überzeugt davon, daß sie sich riesig darüber freuen wird. Meine Schrift ist sowieso unleserlich. Ich denke an sie, wie sie im Mieder dasteht, rosarot und dunkelblau, ja, dunkel wie die Augen des Meeres von Cortez, dort, wo sich die Wale paaren, in Cabo San Luca, Baja California. Gutes Zeichen, nicht? Cheryl! Ich würde es ihr besorgen, da, auf dem Tresen oder hinter der Bar, auf allen vieren, ich würde ihre Arschbacken, beide Löcher auseinanderdrücken und in ihr meinen Schwanz versenken, so tief es eben geht, und schreien dabei, hier, vor allen Leuten ...

Ich setze kurz ab. Pape sagt freundlich, ich solle doch meine Verlobte von ihm grüßen. Das mache ich natürlich und unterschreibe.

Am nächsten Morgen weiß ich nicht so recht, ob ich den frittierten Stockfischbällchen zum Frühstück wirklich trauen kann. Pape rührt sie nicht an. Er gibt sich mit einem Nescafé und gezuckerter Kondensmilch zufrieden. Ich zögere. Soll ich ein Flag trinken oder ein *Terminator*, das gambische Bier. Bisher habe ich nur Gutes darüber gehört. Die Wirkung soll so ähnlich sein wie die von Kokain und Absinth zusammen.

Es ist noch früh, die Sonne brennt schon wieder auf uns runter, ich bin schweißgebadet in meiner Eingeborenentracht, das Geld kehrt zum normalen Kurswert zurück, den Turban wickle ich mir heute nicht um den Kopf, das Leben beruhigt sich.

Ich leide unter gräßlichem Muskelkater von der Reise am Vortag. Ein stechender Dauerschmerz unterhalb der Nieren läßt mich regelmäßig aufschreien. Mutig wie er ist, macht Pape einige Dehnübungen. Obwohl er ja einen weitaus besseren Sitzplatz hatte, klagt auch er über Rückenschmerzen. Ich versuche, die langen Arme auszubreiten und meine Knochen zu bewegen – vergeblich, allein die Vorstellung quält mich. Die ganze Aktion hat mich schon fünf Kilo gekostet, und ich bekomme den

Substanzverlust allmählich zu spüren. Ich habe nicht genug Kondition. Jeden Tag würde ich das nicht machen, das kann ich euch sagen.

Trotzdem, jetzt müssen wir wirklich ran. Schluß mit den Späßen und mit dem Rumschlendern. Jetzt wird es ernst. Pape ist ganz meiner Meinung. Trotz unseres legitimen Schmerzes krempeln wir die Ärmel hoch und spucken in die Hände.

Turbo-Check-out aus dem *Apollo*, keine Bestellungen, keine Telefongespräche, nur die Übernachtung, das ist alles. Weg sind wir. Achtung, Banjul, wir kommen! Wir nehmen ein Taxi. Man fährt auf der linken Straßenseite (Gambia gehört zum britischen Empire!). Wir sitzen in einem alten amerikanischen Wagen, was einen sofort auf andere Gedanken bringt! Dreimal werden wir durch improvisierte Straßensperren aufgehalten. Wie Könige, nur nicht ganz so verschwenderisch, drücken wir unser Geld in die korrupten Hände. Das ist hier gang und gäbe und geradezu angenehm, eine entspannte Art, unsere Dalasis unter die Leute zu bringen. Wir sind schließlich nicht geizig. Stellt euch nur vor, ihr würdet einer Pariser Politesse mit einem Augenzwinkern 50 Francs zuschieben, weil sie euch gerade einen saftigen Strafzettel verpassen will. Polizisten, Gendarmen, Militärs, Milizen, Sicherheitsbeamte oder Spezialeinheiten, alle tragen hier verschiedene Uniformen, und wenn sie in Vierer- oder Fünfergrüppchen auftauchen, um so besser: Jeder hat stolz eine andere an. Die stilistischen Feinheiten werden sehr genau beachtet, Verwechslungen sind undenkbar ... Man unterhält sich friedlich, die, die was abdrücken müssen, und die, die den Preis machen. Kunden, Händler, Geschäftsleute. Alle sind cool und gelassen, weil sie alle, ausnahmslos und pausenlos, ihre Lungen mit Ganja ventilieren.

Jetzt aber ist endgültig Schluß mit Faulenzerei, Kulturtourismus und Anekdoten. Vorbei. Laurent Mamadi und Phil-I-Jay sind nicht weit. Von ihnen werden wir die ersten Antworten hören, sie werden Namen nennen und die Gesichter unserer unsichtbaren Feinde beschreiben. Die Schatten, die vor uns fliehen und die wir verfolgen, auf unbekannten Wegen, Umwegen, bis in ein Land, in dem allen alles scheißegal ist, von dem niemand je gehört hat und von dem auch nie jemals jemand redet.

Wir brauchen Action, Pape und ich. Wir müssen Bewegung in die Angelegenheit bringen, damit endlich mal was passiert!

Wir werden nicht enttäuscht werden, o nein, wirklich nicht.

10

Den ersten Faustschlag kriege ich voll in die Fresse, daß ich mich rückwärts auf den Boden lege. Pape kassiert einen schweinischen Knüppelschlag in die Nieren. Da sind doch tatsächlich so ein paar Typen, die auf uns eintreten und uns mit ihren Stiefeln zermatschen wollen. Schnell rolle ich auf die Seite, aber schon knallt eine Tischkante auf meinen Kiefer. Ich spüre, wie meine Zähne vibrieren und in kleine Stücke zerbrechen. Aber das ist mir scheißegal, sie sind eh schon seit langem verfault und außerdem voller Blei. Sieht schlecht aus für uns. Pape wehrt sich heftig gegen den Angriff mit den Knüppeln. Er hält den Arm vors Gesicht und muß in dieser Haltung einiges einstecken. Ich höre ihn fluchen und um sich schlagen.

Aber zum Glück braucht's etwas mehr, um uns außer Gefecht zu setzen. Ich hab ja seinerzeit versucht, die Revolution anzuzetteln, das darf man nicht vergessen. Da hatte ich oft Gelegenheit, mich in Schlägereien zu üben. Nur fehlt es hier an Pflastersteinen und Barrikaden.

Pape ist als erster wieder auf den Beinen, und ich rase, außer mir vor Wut, wie ein Widder, mit dem Kopf voraus in das Gewühl und stoße wüste Beschimpfungen aus. Wörter wie «Arsch», «Schwein» und «verfickt» kommen ziemlich häufig vor. Ich blute überall und habe mich schon von oben bis unten eingesaut.

Alles mögliche fliegt durchs Zimmer: Betten, Lattenroste, Matratzen, Stühle, der Tisch, ein alter, zerbrochener Spiegel, der mir ins Knie schneidet, unsere Reisetaschen ... Ich nehme ein zerplatztes Kopfkissen und versuche, einen meiner Angreifer zu ersticken. Ich drücke, als ginge es ums Leben. Schade, da kommt so ein Blödmann von hinten und packt mich an der Gurgel. Um ihn loszuwerden, ramme ich ihm den Ellenbogen in den Magen. Ich habe größte Lust, ihn umzubringen. Leider verliere ich dadurch den Vorteil gegen meinen Kopfkissengegner.

Wie es wohl bei Pape aussehen mag? Die Schläge hören sich gedämpft an, Körper fallen zu Boden, andere stehen wieder auf. Schweres Atmen, schmerzverzerrtes Grunzen, wohl wegen der einkassierten Schläge. Jetzt haut man von allen Seiten auf mich ein. In den Magen, auf die Beine, den Kopf, die Schultern. Ich kann grade noch meine Eier schützen. Ich weiß schon gar nicht mehr, wo es mir überall weh tut, so unglaublich viele Schläge stecke ich ein. Wie viele Schweine sind das eigentlich, die uns da so übel verdreschen? Vier, sechs, vielleicht acht? In Wirklichkeit sind es weniger. Es ist dunkel im Zimmer. Die Typen sind mitten in der Nacht über uns hergefallen, haben uns überrascht. Im wahrsten Sinne des Wortes im Schlaf erwischt. Während wir damit beschäftigt waren, unsere schlaftrunkenen Sinne zu beleben, hatten die uns schon aufs übelste zugerichtet!

Ich sehe jetzt überhaupt nichts mehr. Blut, Schweiß

und Tränen machen mich blind. Meine letzte Wahrnehmung: Pape, mit völlig schief hängender Fresse, ein Auge offen, das andere geschlossen, ohne Nase, an der Wand zusammengesackt ... Bevor ich ohnmächtig werde, nehme ich noch mal all meine Kräfte zusammen, spanne meinen Körper an und kotze, soviel ich kann, über unsere Gegner. Ich drehe mich im Kreis wie ein Verrückter und besudle das ganze Zimmer mit stinkender Kotze. Auf diese Genugtuung folgt das schwarze Loch.

• • •

«Mohammed Job?»

«Yes!» dröhnt es durch die geschlossene Tür.

Ich rufe im unbeschwerten Tonfall eines Freundes, Nachbarn oder Cousins:

«Pape and Gaby here.» (Hier in Gambia habe ich mich entschlossen, mich nur Gaby zu nennen. Gabriel ist beinahe unaussprechbar.)

«Who?»

«Pi and Gi!»

Ich drehe völlig ab, will Mohammed Job aus der Fassung bringen. Er soll uns gefälligst die Tür öffnen. Job, stutzig geworden, zögert. Auf, du Arsch, mach endlich diese Scheißtür auf! Er fällt drauf rein.

«Pi and Gi! So what's up?»

Unser Freund ist nervös. Pape packt ihn am Kragen und stößt ihn ins Haus zurück. Wir haben uns für die harte Tour entschieden.

Auf den Tapeten im Salon kann man psychedelische Margeriten- und Tulpenmuster bewundern, dazu, gekonnt kombiniert, grüne und blaue Kunststoffmöbel aus dem Rokoko. Alles in allem erinnert die Einrichtung stark an die Schaufenster des Möbelhaus Barbès vor fünfundzwanzig Jahren. Die großen Blumen an der Wand scheinen zu leben, als wären sie dreidimensional. Auf einem mit Leopardenmuster bezogenen Kanapee, das schwer in den Sprungfedern hängt, sitzt eine gewaltige Frau, die an einer Mentholzigarette zieht und jetzt hysterisch zu schreien anfängt. Ich gehe auf sie los und drücke ihr ein Stück Stoff auf den Mund. Sie verteidigt sich und reißt dabei weit ihre überschminkten Augen auf. Sie ist total verängstigt. Ich kneble sie sehr sorgfältig, binde ihr die Beine zusammen und knote sie dann an der Klimaanlage fest, deren Verankerung in der Wand ich zuvor überprüft habe. Die Frau windet sich ein wenig, versucht sogar, mich mit ihren unglaublich langen Fingernägeln zu kratzen, ich knalle ihr eine, und sie ist ruhig. Ich hebe ihr den Rock hoch und schaue mir ihr Höschen an. Es ist durchsichtig. Ich will es gerade berühren, aber da fängt sie doch tatsächlich wie in einem Pawlowschen Reflex an zu pissen. Ihr Synthetik-Slip dient kurzfristig als Damm, aber dann läuft die Pisse darüber hinaus und an ihren Schenkeln entlang. Skatologie hat ihre Grenzen. Ist auch besser so.

Pape hat unsere beiden Kandidaten unter seine Obhut genommen, während ich schnell eine Runde durchs Haus drehe. Auf allen vieren schleiche ich nach oben. Im ersten Stock gibt es ein großes, unordentliches Zimmer mit einem zerwühlten Himmelbett, massiv, rustikal. An der Decke ist ein Spiegel angebracht (nicht schlecht!), überall liegen Teddybären herum und Gummipuppen, die, aufgeblasen, mit ihren Löchern alles mögliche machen können: pissen, spucken, Schleim absondern, schlecken. Ich werfe einen vorsichtigen Blick ins Badezimmer (auf der Ablage Accessoires, aber damit halte ich mich jetzt nicht auf) und sehe auch im Klo nach. Spaßeshalber ziehe ich an der Klospülung. Niemand drin. Prima. Ich schließe die Fensterläden.

Unterdessen hat Pape keine Zeit verschwendet:

«Los, sag uns, wo die Geiseln sind, die beiden Rapper! Und zwar sofort!»

Mohammed Job ist verstört. Er ist dick und schwabbelig, seine sieben Fettschichten beben, als hätten sich sämtliche Parkinsonschen Krankheiten in seinem Körper vereinigt.

«Paß gut auf», sage ich zu Pape, «sonst bekommt er gleich einen doppelten Infarkt!»

Pape kann darüber gar nicht lachen, und Mohammed Job, grün-grau im Gesicht, hat nicht mal die Kraft, um seine Gehirnströme zu einem Gebet zusammenfließen zu lassen. Job ist, tief in seinem Innersten, davon überzeugt, daß sein letztes Stündlein geschlagen hat.

Aber nein! Nur nichts überstürzen!

Ich beruhige Pape, der zum wachsenden Entsetzen dieses Fettsacks, so gar nicht ruhig ist. Ich setze Mohammed Job auf sein schönes Kanapee aus weicher Leopardensynthetik. Er versinkt geradezu darin ...

Dieses Zimmer mit seiner Original-Siebziger-Jahre-Ausstattung würde Cheryl sehr amüsieren. Nur so nebenbei bemerkt.

• • •

Die Spur von Mohammed Job haben wir zufällig gefunden mit Hilfe von Charles de Gaulle. Die Adresse Avenue John-Barnes war völlig falsch; um genau zu sein: Eine Straße dieses Namens gibt es in Banjul überhaupt nicht und hat es auch nie gegeben.

Während wir wieder mal CFA-Francs in Dalasis umwechseln (oh, heute haben sie eine neue Farbe, nicht mehr rot, sondern grün, morgen sind sie wahrscheinlich blau ...) und uns einen guten Packen geben lassen, kann

Charles de Gaulle nicht mehr an sich halten. Er sieht in uns gute Kundschaft und will uns dringend zu seinen Freunden machen. Er wird gesprächig und erzählt uns die ganze Geschichte seiner Ein-Mann-Bank.

Charles de Gaulle ist in Guinea geboren, kam aber schon im Alter von acht Jahren nach Gambia. Seit genau zweiundzwanzig Jahren betreibt er dieses nette Devisengeschäft, das er von seinem Vater (Winston Churchill?) übernommen hat, der ihn auch in die Grundkenntnisse dieses Geschäfts, in das «Wechseln» von Geld, eingeweiht hatte.

«Eine Art Familienunternehmen, das gar nicht schlecht läuft, wenn auch recht bescheiden», erklärt uns unser Gesprächspartner. Geldgeschäfte auf der Straße. Charles de Gaulle hat seine Einlagen und sein Umlaufvermögen fest im Griff, wie ein Zentralbanker, nur auf eigene Rechnung. Banken gibt es ja keine in Gambia. Jeder nimmt eine Provision, die von Tag zu Tag unterschiedlich ist und ziemlich kompliziert berechnet wird. Deshalb, wie schon gesagt, ist der Taschenrechner unverzichtbar.

«Außerdem», fügt ein gebildeter und stolzer Charles de Gaulle hinzu, «braucht man solide Kenntnisse in Arithmetik, wenn man die Arbeit gut machen will.» Kurz, Charles de Gaulle kann zählen, addieren, abziehen, multiplizieren und dividieren. Ich persönlich hatte ja immer Schwierigkeiten mit der Division.

Wir setzen uns auf die Terrasse eines Cafés und trinken was. Ich bin mit Zahlen dran. Endlich komme ich in den Genuß von ein paar *Terminator*, die Arnold Schwarzenegger wirklich alle Ehre machen würden. Mit Freude schüttet sich der große Charles de Gaulle die Birne zu. Seine Offiziersmütze fällt auf den staubigen Boden. Er hebt sie auf und setzt sie verkehrtrum wieder auf. Er ist es nicht gewohnt, sich ernsthaft vollaufen zu lassen, aber heute macht er unbeirrt weiter. Nicht zu bremsen. Echte Klasse.

«Und wer sind der oder die Bankiers im Hintergrund?» frage ich unvermittelt.

«Meiner ist Mohammed Job! Der fette Job, er ist der beste ...»

Pape macht auf seinem Stuhl einen Satz und bringt sich fast mit seiner Cola um, weil er sich den Strohhalm in den Gaumen bohrt. Aber Charles de Gaulle, unser neuer Freund Charles, läßt uns nicht mal Zeit, unser Staunen richtig zum Ausdruck zu bringen. Er erzählt fröhlich weiter:

«Man sieht es ihm nicht an, aber Job ist ein cleverer Kerl. Er ist stinkreich. Sieben seiner Söhne sind in London auf der Universität, drei andere machen Import-Export in den USA, einer in New York, zwei in Miami. ich kenne auch drei seiner älteren Töchter. Sie sind mit sehr reichen nigerianischen Geschäftsleuten verheiratet.» Charles de Gaulle hat die Betonung ausdrücklich auf sehr reich gelegt. «Und darüber hinaus sind diese Mädchen ihrem Vater durchaus ebenbürtig. Sie gehen bei arabischen Prinzen aus und ein und besorgen ihnen ... alles, wenn Sie verstehen, was ich meine.» Charles lacht glucksend. «Mohammed selbst hat offiziell acht Frauen! Manche sagen sogar, er habe mehr als 25 auf den Dörfern. Nicht schlecht für einen einzigen Mann, oder?»

Ich pfeife durch die Zähne, um meine Bewunderung auszudrücken. Charles de Gaulle kratzt sich am Sack und zupft sich an der Schwanzspitze. Dann fährt er fort:

«Job organisiert einen großen Teil des Finanzmarktes, hier in Gambia, auf den Straßen ...»

«Natürlich», sagt Pape, «Mohammed Job, John-Barnes-Avenue in Banjul ...»

«Aber nein, die John-Barnes-Avenue ist in Sérékounda!» widerspricht ihm der Geldwechsler. «Zwanzig Kilometer von hier, nicht in Banjul!» ruft er, als sei das die klarste Sache der Welt.

Pape lächelt vor sich hin, leert seine Cola in einem Zug und erlaubt sich ein gelangweiltes, beiläufiges Furzkonzert à la Clint Eastwood. Danke, Papa Charles de Gaulle, du hast uns einen ganz schönen Dorn aus dem Fuß gezogen. Was wir ohne deine Unterstützung gemacht hätten, weiß ich wirklich nicht. Ich bestehe darauf, eine neue Runde Terminator zu spendieren. Charles nimmt das Bier gerne an, und wir vernichten es schneller, als man darüber sprechen kann. Und kippen uns dann noch eins hinter die Binde. Pape schaut mich jetzt düster an, offensichtlich ungeduldig. Den Geldwechsler betrunken machen, um die notwendigen Infos zu bekommen, damit ist er einverstanden. Aber jetzt, wo de Gaulle die Sache ausgespuckt hat, warum ihm dann immer noch mehr Bier spendieren? Er denkt es zu Recht. Sagen tut er es nicht. Aber es muß doch sein, nicht wahr? «Wenn ich Moslem wäre», sage ich später zu Pape (mit schlechtem Gewissen, zugegeben; denn ich hatte, ehrlich gesagt, Durst), «hätten wir die Auskunft niemals erhalten!» Pape sagt dazu gar nichts, sondern zuckt nur die Schultern. Heiligt der Zweck immer die Mittel?

• • •

Das Verhör dauert nicht lange. Mohammed Job tischt sofort seine Geschichte auf, setzt sich gleich selbst dazu, mit der Serviette im Kragen seiner bestickten Tunika. Er greift sogar den Fragen vor, erzählt von sich aus alles, was er weiß, in allen Einzelheiten, nennt auch Namen. Alles spuckt er aus, genau wie vorher Charles de Gaulle. Kein Wunder, daß die beiden Freunde sind.

Das Verhör von Mohammed Job ist keins, sondern ein langer, rührseliger Monolog, unterbrochen von einem Schluckauf, der wie eine Reihe verängstigter Rülpser klingt. Wir hören ihm aufmerksam zu, als er mit folgenden Worten beginnt:

«Mein Sohn Hakim, der in Brooklyn, New York City, lebt, ist letzte Woche mit einem Freund zu mir gekommen, Abdul-Rauf, wenn ich mich recht entsinne. Er hat eine ziemlich große Summe Geld hier abgestellt. Das fand ich in Ordnung. Aber dann hat Abdul-Rauf zwei Typen aus dem Kofferraum herausgeholt, das fand ich nicht mehr so in Ordnung. Zwei junge Typen zwischen zwanzig und fünfundzwanzig, ziemlich übel zugerichtet und voller Blut. Ich dachte schon, sie wären tot, so hatte man sie verprügelt. ‹Keine Sorge, Pa›, hat Hakim gesagt, ‹das sind nur zwei kleine Scheißer, die uns dauernd Ärger machen.› Ich sollte die beiden in meinem Keller festhalten und von meinen Leuten bewachen lassen. Mein Sohn und sein Kollege hätten ein paar Tage in der Stadt zu tun. Mehr haben sie mir nicht gesagt. Aber für mich kam das überhaupt nicht in Frage, verstehen Sie! Gefangene! In meinem Keller! Ich habe einen Horror vor Gewalt und Blut. ‹Keine schmutzigen Geschäfte unter meinem Dach›, habe ich zu Hakim gesagt. ‹Du hast keine Wahl, Pa›, hat mein Sohn geantwortet. Er hat mir praktisch gedroht. Da saß ich schön in der Scheiße, hören Sie. Schließlich – ich hatte keine Wahl, ich schwöre es – habe ich ihnen ein Ultimatum gestellt: zwei Tage, nicht länger. Zwei Tage würde ich die beiden hierbehalten, aber sie müssen mir die Spesen zahlen …»

«Du Drecksack denkst wohl immer nur ans Geld, was?» kann ich mir nicht verkneifen zu sagen.

Der Bankier hüstelt, um unser Mitleid zu erregen, und fährt dann fort:

«Aber ich weiß nicht, was passiert ist. Hakim und sein Kollege sind morgens nach Banjul gefahren. Alles schien gut zu laufen. Ich hatte nicht den Eindruck, daß sie besonders nervös waren oder sonst was, im Gegenteil, sie haben sogar rumgeblödelt. Aber dann am Abend, noch vor Sonnenuntergang, waren sie plötzlich schon zurück. Hektisch und ohne irgendeinen Kommentar haben sie die zwei Jungs aus dem Keller geholt, wieder bewußtlos geschlagen, schnell in Getreidesäcke eingewikkelt und wieder im Kofferraum verstaut. Dann sind sie losgefahren, Hakim hätte sogar fast das Geld vergessen, so eilig hatten sie's. Er hat sich erst im letzten Moment daran erinnert. Netterweise hat er mir ein bißchen was abgegeben, für die Unkosten.»

«Wieviel?» fragt Pape interessiert, mit einem mir neuen, opportunistischen Unterton.

Ich gehe auf dieselbe Wellenlänge und frage auch:

«Ja, wieviel?»

«Zwei, zweitausend Dollar», stammelt Mohammed Job.

«Du lügst!» Pape steht auf, in Andeutung einer kleinen Lektion, sprich einer Tracht Prügel.

«Zehntausend! Zehntausend! Zehntausend Dollar!» schreit der Fette sofort. Er schwitzt, man kann mit bloßem Auge zusehen, wie er mehrere Kilo verliert. «Ihr könnt es haben, nehmt das Geld, alles. Es ist in einem Koffer unter dem Bett im Schlafzimmer, hier ist der Schlüssel!» Pape steckt ihn ein. «Nehmt alles, aber haut ab!» bittet Mohammed inständig. «Das ist kein Ort für euch, ich bitte euch, geht endlich!»

Wir fesseln Mohammed Job genauso wie seine Freundin, die mittlerweile ohnmächtig geworden ist, kriechen unters Bett, öffnen den Koffer und stecken das Geld ein – da muß man uns nicht lange bitten. Zehntausend Dollar! Soviel hatten wir nicht erwartet (wir hatten eigentlich gar nichts erwartet). Geld braucht jeder, vor allem wir beide, Pape und ich, wir haben keinen Job, also auch kein regelmäßiges Einkommen. Wie könnten wir uns also zehntausend Dollar durch die Lappen gehen lassen? Das wäre doch zu dumm, nicht wahr? Wir sind also doch nicht umsonst nach Gambia gekommen.

Bevor wir uns verabschieden, kümmern wir uns nochmals um Mohammed Job. Er kann nicht mehr. Es ist soweit. Er wird wohl vor die Hunde gehen. Er ist jetzt schon ganz gelb im Gesicht. Der verdorbene Bankier sabbert und verpestet die Atmosphäre, weil er dauernd rülpsen muß. Ich bin sogar gewillt, ihm eine große Schüssel zu bringen, und frage ihn, ob er nicht mal was rauskotzen will, damit das mal ein Ende hat. Mohammed Job hängt über der Schüssel, die ich ihm hinstelle, und würgt mit aller Gewalt. Vergeblich! Er hat nicht mal mehr die Kraft, seiner Galle Luft zu machen. Ich war ja guten Willens, aber irgendwo ist Schluß.

«Wohin sind sie gefahren? Sag uns, wo diese Pestbeulen hingefahren sind. Wenn nicht, brech ich dir beide Kiefer und reiß dir die Zähne raus», stellt Pape klar.

«Sie sind schon über die Grenze, sie sind nicht mehr in Gambia. Hakim und Abdul-Rauf sind in den Senegal zurück, sie wollen nach Touba, in die heilige Stadt», verrät Mohammed Job, ohne zu zögern.

«Nach Touba, Scheiße!» murmelt Pape. Er macht plötzlich ein verschlossenes Gesicht.

Überrascht von seiner Reaktion bei der bloßen Erwähnung der Stadt Touba, lasse ich Job in eine Ecke fallen und frage ihn:»

«Wieso Scheiße? Pape ...»

«Deshalb! Rek! Touba, das ist alles», antwortet er aufgebracht und kurz angebunden.

Seine Nervösität verheißt nichts Gutes. «Und das ist alles?» Ich lasse nicht locker.

«Touba ist die Stadt von Scheich Ahmadou Bamba, die Stadt, die er zu Beginn des Jahrhunderts gegründet hat, eine heilige Stadt, die Stadt der Mouriden, mit eigenen Gesetzen, eigenen Sicherheitsbestimmungen. Touba ist eine Art autonome Zone, die Stadt der Marabouts ...

Als Mohammed Job das Wort Marabout hört, gibt er uns schlauerweise noch eine kleine Auskunft:

«Ein Marabout, ja!» unterbricht er uns. «Hakim hat mir anvertraut, daß er dort einen Marabout aufsuchen will, El Hadj Malick M'backé M'baye. Es ist seltsam, weil, diesen Namen hab ich noch nie gehört, und eigentlich kennt man doch alle Marabouts.»

Unsere Plauderstunde neigt sich dem Ende zu. Wir können nun das dekorierte Haus des Bankiers wieder verlassen und ihn seinen halluzinogenen Blumen, rosa Sofas und zebragestreiften Stühlen überlassen und auch seinen Phantasien beim Liebesspiel, die von einer besonderen Perversion zeugen. Wir haben erfahren, was wir wollen.

Respektvoll, höflich, zivilisiert und um eine korrekte schottische Aussprache bemüht, sagt Pape:

«Thank you very much, Mister Job.» Ich mache einen Vorschlag. «Sollen wir ihn losbinden?»

«Nein», antwortet Pape, «das lohnt nicht. Er wird sich schon selbst befreien, ist ja selber groß, nicht wahr, Mister Job?»

Mohammed Job sieht jetzt ziemlich wütend aus.

«Du hast recht, Pape. Lassen wir ihn so», sage ich und füge spöttisch hinzu: «So ist es viel lustiger.»

Wir schütten uns aus vor Lachen. Dann gehen wir.

• • •

Ein Sieg auf der ganzen Linie. Selbstsicher klatschen wir in die Hände und beschließen, noch eine letzte Nacht in Gambia zu verbringen, bevor wir ins heilige Touba aufbrechen. (Diese Ruhepause hätten wir uns nicht gönnen sollen, obwohl wir sie verdient hatten. Sie war unnötig.) Ja, ja, wir haben Mohammed Job ganz schön unterschätzt. Jetzt haben wir den Salat. Er schlägt sofort zurück.

Wir mieten ein Zimmer von jemandem, eine ebenerdige Bruchbude, direkt an der Straße. Wir sind müde, völlig erschossen, rollen uns sofort zusammen und denken nicht daran, Wache zu schieben. Job hat schnell reagiert. Aus Rache für die erniedrigende Behandlung, die wir ihm angedeihen ließen, schickt er uns jetzt seine Schergen. Diesmal erteilt er uns eine Lektion. Das ist die wahnsinnige Schlägerei. Wir verlieren natürlich.

Während wir ins Zentralkrankenhaus von Banjul humpeln, verfluche ich mich und meine Blödheit und beschimpfe mich die ganze Zeit. Pape sagt nichts. Er stöhnt nur vor Schmerz.

In der Stadt sieht uns Charles de Gaulle, blutig und verhauen, wie wir sind. Ich weiß nicht, durch wen, aber er hat von unserem Besuch bei Mohammed Job erfahren und auch, daß er sich gerächt hat. Ist auch scheißegal, jedenfalls ist Charles de Gaulle jetzt nicht mehr unser Freund. Er verachtet uns, spuckt auf die Erde, als wir vorübergehen, beleidigt uns auf Kreolisch. Ich verstehe kein Wort von den Ausdrücken, die er für uns übrig hat. Aber auch das ist mir scheißegal. Pape hätte große Lust, sich aufzuregen, das spüre ich, aber wir sind absolut nicht in der Verfassung, noch mit irgend jemandem Streit anzufangen. «Vergiß es», zische ich ihn an, «laß uns weitergehen. Wir müssen uns verarzten lassen, mir reicht's.» Die Stimme der Vernunft.

Im *Central Hospital* von Banjul machen wir Bekanntschaft mit einem Verrückten. Eine Art Assistenzarzt, ein junger Typ um die Dreißig, in jedem Ohr einen Ring, schlachtet uns. Verarzten kann man das jedenfalls nicht nennen. Ein Wunder, wenn wir uns hier nicht mit Aids, Hepatitis B, Tetanus infizieren plus irgendeiner anderen Seuche kostenlos dazu, wir lassen uns ja nicht lumpen. (Das mußte mal gesagt sein.) Der Faden, mit dem er mir das Knie wieder zusammennähen will, reißt mitten in der Operation. Der Arzt (?) schreit fluchend: «Fuck! Fuck! Fuck!» Dann schmeißt er wütend seine Utensilien auf den Boden und schreit nach der nicht vorhandenen Krankenschwester. Ich habe Angst. Er überläßt uns einen Moment unseren Schmerzen, die sich verdoppeln durch unsere Furcht. Noch wütender kommt er zurück. Im ganzen Krankenhaus gibt es nicht mehr auch nur einen Zentimeter Faden. Er sucht Klammern, findet auch welche, aber die haben nicht die richtige Größe. Er versucht es trotzdem und quält mich ordentlich dabei. Pape fragt sich, was er wohl ertragen muß, wenn er drankommt, und sieht schon ganz verzweifelt aus. Der Arzt regt sich auf, schreit rum, ich solle mich nicht bewegen. Fehlt gerade noch, daß er uns anbrüllt! Um unsere Wunden zu desinfizieren, hat er sich schließlich eine Flasche Alkohol besorgt, mit eindeutig dubiosem Inhalt. Er wäscht mir damit doch glatt das Gesicht, völlig ungeniert. Ich kann nicht mehr, es tut zu weh, und jetzt beschimpfe ich zur Abwechslung ihn. «Aufhören! Nein! Willst du mich umbringen, du Wichser?»

«Fuck you, asshole!» antwortet er nur. Aus purem Entsetzen halte ich die Klappe. Pape lehnt jegliche Behandlung ab.

Wenig später verlassen wir, erstaunlicherweise lebend, die Folterkammer. Ein Wunder, wirklich. Mein Gesicht sieht aus wie ein Eintopf. Solche Wunden hatte ich noch nie.

«Weißt du was, Pape, ich wickel mir einfach meinen Turban um», sage ich, um die Lage ein bißchen zu entspannen.

«Nich luichtich», antwortet er. Gar nicht so leicht, mit zermatschtem Kiefer einen Ton rauszubringen.

Die Geschichte mit der Prügelei hat unsere Aktionen beträchtlich verlangsamt. Höchste Zeit, aus Gambia zu verschwinden, das nächste Mal schneiden sie uns die Eier ab. Und das wäre mir dann doch nicht recht. Außerdem, wenn man bedenkt, wie wir zusammengeschlagen wurden, habe ich so meine Zweifel, ob Laurent Mamadi und Phil-I-Jay noch lange durchhalten. Es ist nicht gerade erholsam, Hunderte von Kilometern im Kofferraum eines Autos zu liegen, das über eine Sandpiste heizt, während man im eigenen Blut schwimmt, mit verklebten Mücken drin. Unser gambisches Intermezzo ist aber doch nicht umsonst gewesen. Unsere Feinde, die Entführer der beiden Rapper, haben jetzt immerhin Namen, Hakim Job und Abdul-Rauf. Wir wissen, daß sie nach Touba unterwegs sind, und den Namen ihres Marabouts, El Hadj Malick M'backé M'baye. Und so wahr ich Pulp heiße, das sind doch brauchbare Indizien, verdammt. Wir können zufrieden sein, oder?

Unser Abenteuer in Gambia hatte zumindest gut angefangen, und wir haben viel Spaß gehabt. Erreicht haben wir auch was. Na ja, und das Ende ... Nichts ist für die Katz. Mir hat dieses Land gefallen, es gefällt mir immer noch. Meine Meinung über Gambia? Schatten und Licht, Licht und Schatten.

Eine kleine Fahrt im Einbaum über den Gambia, fünfundzwanzig Kilometer flußaufwärts, mitten im Busch. Beim Einsteigen sehe ich überall Krokodile im Wasser liegen, die uns mit hungrigen gelben Augen anstarren und auf eine falsche Bewegung warten. Ich scheiße mir fast in die Hose vor Angst. Ich hasse diesen Einbaum für den Rest meines Lebens und wünsche, er möge verrotten. Dann kommen wir in ein Dorf namens Kwani, eine Ansammlung von circa fünfzig Hütten und zehn Steinhäusern. Wir sind über der Grenze, im Senegal. Ein ruhigeres Leben. Drei Tage erholen wir uns, lecken unsere Wunden und, sie vernarben. Nichts wirklich Schlimmes glücklicherweise, Prellungen, Schnittwunden, Blutergüsse und Beulen, aber keine Brüche oder bleibende Schäden. Pape ist schnell wiederhergestellt. Ich brauche ein bißchen länger. Der Dorfälteste, ein netter alter Herr, pflegt uns mit Salben und Wurzeln, die brennen wie die Hölle.

In Kwani ist uns das Glück mal wieder hold (wenn man das so sagen kann). In einem Laden, der nicht besonders einladend aussieht, findet Pape eine alte Ausgabe des *Soleil* vom vergangenen Wochenende. Ein gewisser Adama N'diaye, Journalist, schreibt über seine Nachforschungen zu den beiden Mordfällen Clovis Mendy und Moustapha Koné. Pape und ich stürzen uns auf die Zeitung, schlagen uns beinahe darum, wer den Artikel als erster lesen darf. Ich gebe nicht nach, und so hängt mir Pape über der Schulter, was mich stört, ich sage es ihm, und schon geht das Gerangel von vorne los, kurz ...

Die Angelegenheit ist komplex, und ich weiß nicht, ob die Erklärung, die der Journalist gibt, wirklich stichhaltig ist. Er schreibt – ich fasse (mit Papes Erlaubnis) zusammen:

Die Herren Clovis Mendy, Musikmanager, und Moustapha

Koné, Musikproduzent, wurden mit einer Waffe getötet, ähnlich einem Messer, mit dem man Ochsenknochen zerteilt … Die beiden Morde scheinen miteinander in Zusammenhang zu stehen, da sie kurz hintereinander und auf die gleiche bestialische Weise begangen wurden … Die Polizei erweist sich, wie immer, als unfähig (die Journalisten nehmen hier ja, wie man weiß, kein Blatt vor den Mund). *Bis jetzt wurde noch kein Verdächtiger bekannt … Unsere eigenen Recherchen vor Ort bringen einige besorgniserregende Tatsachen zum Vorschein …*

«Ah! Jetzt wird es spannend», unterbricht mich Pape.

In der Tat haben Clovis Mendy wie auch Moustapha Koné seit einiger Zeit mit einer amerikanischen Gesellschaft, der Earth and Ocean, verhandelt, einer Gesellschaft, die beträchtliche Summen in die Promotion von Künstlern investiert. Clovis Mendy hat für Total African Groove verhandelt und Moustapha Koné für sein Unternehmen African Festival. Aber beide waren sehr unzufrieden mit den Ergebnissen und beklagten vor allem, daß ihre Künstler außerhalb Afrikas nicht auf Tournee gingen. Die Verbreitung ihrer Musik bliebe zu sehr dem Zufall überlassen. Es gab mehr und mehr Differenzen, vor allem in finanzieller Hinsicht. Es muß sich dabei um beträchtliche Summen gehandelt haben. Um was genau gestritten wurde und um wieviel Geld es dabei ging, darüber werden wir Sie in unserer morgigen Ausgabe unterrichten …

«Scheiße, Pape, und die Fortsetzung? Die verdammte Fortsetzung!» schreie ich wie ein Wahnsinniger.

Wir stürzen zurück in den Laden, nur um ganz sicherzugehen. Aber klar. Natürlich ist die Ausgabe vom nächsten Tag niemals eingetroffen. Der *Soleil* wird in Kwani nur rein zufällig ausgeliefert, völlig unregelmäßig und immer nur in wenigen Exemplaren. Der Verkäufer staunt nicht schlecht, als wir nach der nächsten Ausgabe fragen. Das ist ihm wohl noch nie passiert.

Der Zeitungsartikel bestätigt im Grunde nur unsere eigenen Vermutungen. Vielleicht haben Pape und ich dem Journalisten doch noch was voraus. Es würde mich sehr wundern, wenn jemand vom *Soleil* so verrückt wäre, sich selbst auf die Jagd nach den Mördern zu machen. Pape und ich dagegen, das kann man wirklich nicht anders sagen, wir schonen uns nicht und schwitzen unsere Klamotten jeden Tag aufs neue durch. Wir müssen das gelbe Trikot nach Dakar bringen, der Rest ist egal, auch wenn wir bei schwierigen Etappen mal versagen. Wir haben die richtige Moral, da bin ich mir sicher, und das ist das einzige, was zählt.

11

IN EINEM MERCEDES-LASTER, der so lang wie breit ist, sind wir jetzt Richtung Touba unterwegs. Als öffentliches Verkehrsmittel – wir sind mindestens vierzig Leute – ist das wesentlich bequemer als jedes Sammeltaxi, das reinste Glück bei unserer körperlichen Verfassung. Einziger kleiner Nachteil: Der Laster fährt im Schnitt nur zwanzig Stundenkilometer, fünfundzwanzig höchstens. Bei diesem Tempo werden wir einige Tage für unsere Reise brauchen. Die Piste ist in sehr schlechtem Zustand, manchmal ist sie ganz weg. Dann fahren wir einsam quer durch den Busch im Slalom um die Affenbrotbäume. An manchen Stellen könnte ich wetten, daß es nicht mehr weitergeht. Aber oh Wunder, es klappt doch immer wieder. Mindestens zwei-, dreimal müssen wir alle zum Schieben aus dem Laster steigen (hammerhart, Pape und ich tun uns echt schwer damit), aber keine Panne in der Wildnis kann uns noch aufhalten. Weder kaputte Brücken noch Sandlöcher. Langsam sind wir, das ist alles. Der Motor hat mindestens schon dreißig Jahre auf dem Buckel, einen Mercedes kriegt man nicht kaputt. Pape döst, und ich versuche, ein paar kultige Seiten in *La vie en spirale* zu lesen, aber ich kann mich nicht konzentrieren. Also übe ich mich in Geduld und schaue mir die Landschaft an: Savanne, nichts als Savanne, Savanne ohne Ende. Ich würde gern mal ein paar Löwen oder Elefanten sehen. Oder Antilopen, was weiß ich. Manchmal rasen Affen in kleinen Horden nebenher, greifen uns fast an, um unser Essen zu klauen. Das ist nicht sehr witzig. Auch in Afrika ist es lange her, daß einem große Tiere in der freien Wildbahn begegnet sind, heute leben sie, in einigermaßen natürlichen Reservaten, hypergeschützt vor den Menschen. Meine Kindheitsbilder kann ich vergessen. Um einen noch so winzigen Löwen zu sehen, muß man seinen Arsch ganz schön in Bewegung setzen. Ich gebe es auf, an Löwen, Raubkatzen und andere exotische Tiere zu denken, und beschäftige mich mit der Frage, woran ich denken könnte, damit die Zeit schneller vergeht. An meine persönliche Freiheit? Ja, das ist eine gute Idee.

Kein Wasser in der Umgebung. Wir krepieren fast vor Durst. Super. Pape schläft immer noch. Ich verstehe nicht, wie er das hinkriegt. Ich kann's nicht. Ich geh allmählich auf dem Zahnfleisch. Das geht einfach zu lang, zu langsam! Aber die Leute im Laster sind alle sehr gelassen. Eine Frage der Gewohnheit wahrscheinlich.

Immer weiter Richtung Touba, Wüstenklima jetzt, nachts wird es schrecklich kalt. Der Laster hat kein Licht, wir müssen bis zum Sonnenaufgang anhalten. In weiser Voraussicht haben die meisten Reisenden eine Decke dabei. Wir haben unsere Taschen bei der Schlägerei eingebüßt und besitzen jetzt nur noch das, was wir am Körper tragen. Pape hat die kleine Tasche mit unserem Geld gerettet, das ist alles, aber immerhin. Ich klappere mit den Zähnen. Eine Mutti gibt jedem von uns einen Umhang und rettet uns damit das Leben. Ich bin ihr ewig dankbar. Ich hab sie nicht mal nach ihrem Namen gefragt.

• • •

«Der Mouridismus, das ist der Islam, rek, nicht mehr, nicht weniger. Der Mouridismus ist keine Sekte, keine Bruderschaft, auch keine Geheimgesellschaft oder was auch immer», erklärt uns Matar Faye, der Leiter der Bibliothek Cheikhoul Khadim. «Sie sind jetzt in Touba, Monsieur, einer heiligen Stadt für alle Moslems, und Sie sind Gast von Scheich Ahmadou Bamba. Nun, das mag Ihnen vielleicht eigenartig erscheinen, aber dies ist seine Stadt, die Stadt, die er geschaffen hat, und er lebt jetzt in uns ...»

Überall, wie in Dakar, das Portrait des Scheich. Er ist allgegenwärtig.

Matar Faye könnte direkt aus dem Film *Der Name der Rose* stammen, die Bibliothek jedoch wäre als Dekoration eher für *Indiana Jones* geeignet. Große graue Säle aus Stein, wenig Licht, Eisenregale von mehr als zehn Reihen, Gebetsplätze, auf dem Boden eine ausgefranste Bastmatte, zwei große, aufgeschlagene Bücher. Die enormen Flügel der Deckenventilatoren, die sich unermüdlich drehen, reichen nicht aus, um die Feuchtigkeit zu vertreiben. Mit einem Ende des Turbans trockne ich mein schweißnasses Gesicht. Große schwarze Käfer mit harten Panzern, die aussehen wie schreckliche, mutierte Schildkröten, rennen zwischen den Büchern herum. Touba ist ein Insektenparadies. Es gibt sie in allen Formen, Größen und Farben, kriechend, stechend, fliegend und saugend. Das Sumpffieber grassiert. Letzte Woche hat eine Art der Malaria, die das Hirn angreift, innerhalb von zwei Stunden hundert Tote gefordert. Pape ist beunruhigt. Wir haben keinerlei Prophylaxe, und mein Testament hab ich auch noch nicht gemacht. Scheiß drauf.

All die geheimnisvollen, mysteriösen Texte, die um uns herum in langen Reihen stehen, sind auf arabisch geschrieben. Die Bibliothek hat mehrere Abteilungen, eine für den Koran, eine andere für das Gesamtwerk des Scheich, und in der dritten und kleinsten Abteilung stehen Werke zu islamischem Recht, Naturwissenschaften und Mathematik. Für mich eine kulturelle Überdosis. Da ich den Sinn der Schrift nicht verstehe, vertiefe ich mich in das endlose Wunder der Kalligraphie. Pape kann ein bißchen arabisch und erklärt mir flüsternd, was er weiß.

Aufmerksam hören wir zu, was uns Matar Faye erläutert. Dann zeigt er uns noch die gesammelten poetischen Schriften von Scheich Ahmadou Bamba, ein immenses Werk: acht Tonnen schwer! Die *Khassaïten* des Dichters, seine Gesänge. Nachts singen die Talibés diese Verse, auf immer.

Ich erlaube mir zu bemerken:

«Das ist also die Erbschaft von Sérigne Touba.»

«Genau, mein Herr. Seine Kraft, sein Wort, seine Kunst, sein Glaube.»

Ich wage mich weiter vor:

«Und sind die Marabouts hier in Touba damit beauftragt, den Geist von Mame Bamba am Leben zu halten?»

«Nein», antwortet Matar Faye. «Sie lesen und deuten den Koran. Scheich Ahmadou Bamba ist nur der erste unter ihnen. Er war der beste Diener des Propheten, weil er seinem Volk am besten gedient hat, er ist Khadimou Rassoul ...»

«Gibt es viele Marabouts in Touba?»

Langsam versteht Pape, worauf ich hinaus will. Er beobachtet mich. Ich spüre eine gewisse Furcht bei ihm. Ich muß aufpassen. Jetzt bloß nicht aus reiner Gewohnheit fluchen oder sonst jemandem irgendwie zu nahe treten. Wäre ja nicht das erste Mal, daß ich in ein Fettnäpfchen trete. Auch wenn meine Frage dem Leiter der Bibliothek, selbst ein Wächter des Glaubens, dumm erscheinen mag, sie ist doch weder sittenwidrig noch sinnlos.

«Marabouts?» wiederholt er mit klarer Stimme. «Dreihundert, dreihundertfünfzig, vielleicht mehr.»

Der Bibliothekar macht sich taktvoll und mit feinem Humor über mich lustig.

Pape ist immer noch etwas in Sorge.

Matar Faye schließt mit einem dumpfen Geräusch das enorm große Buch, das er mir gezeigt hat und dessen wirklich außergewöhnliche Miniaturen mich beeindrucken. Stille im angrenzenden Raum, in dem die Schreiber und Dichter unablässig den Koran ab- und nochmals abschreiben, von Anfang bis Ende. Mit einer diskreten Drehung des Halses heben sie den Blick von ihrer Schrift und beobachten uns.

Matar Faye räuspert sich.

«Touba ist eine selbstverwaltete Stadt, die höchste Instanz ist der Großkalif. Einige Marabouts, unter ihnen Nachfahren des Scheich, haben Ministerposten, wenn Sie so wollen. Andere sind Diplomaten oder Abgeordnete überall im Land und überall dort in der Welt, wo Mouriden leben, zum Beispiel in Amerika, Italien oder Frankreich. Das sind in gewisser Weise ‹offizielle› Marabouts. Wir wachen darüber, daß niemand sein Amt für eigene Interessen mißbraucht oder daß sich Betrüger ohne unser Wissen in die mouridische Gesellschaft einschleichen. So etwas gibt es bei Ihnen auch, Monsieur», sagt er zu mir gewandt. «Man nennt solche Leute ‹schwarze Schafe›, nicht wahr? Ich kenne natürlich diese Geschichten. Falsche Marabouts und echte Betrüger», gesteht Matar Faye. «Das ist doch der Sinn Ihrer Frage, wenn ich mich nicht täusche?» Er täuscht sich nicht.

Da ich nicht antworte, fährt er fort:

«Ich wage zu hoffen, daß die Marabouts, die derzeit in Touba leben, alle gläubig, ernsthaft und aufrichtig sind. Sie beten und leiten ihre Talibés, ihre Schüler, an. Sie sind Vorbilder, wichtig für die Entwicklung Toubas, für den Mouridismus, für das Wirken des Islam in unserem Land ...»

Ich will die Unterhaltung weiterführen und genauer nach Dingen fragen, die wichtig sein könnten, aber Matar Faye gönnt mir dieses Vergnügen nicht länger. Er unterbricht mich vorsichtig.

«Ich hoffe nicht, daß ich Sie mit meinen Worten – wie sagt man doch bei Ihnen? – ‹erschlagen› habe, Monsieur ... Monsieur?»

«Gabriel Lecouvreur, aber man nennt mich Pulp.» Ich entfalte mein Gestell.

«Ich verstehe», sagt Matar Faye.

Im selben Augenblick ertönt der Ruf zum Gebet.

«Entschuldigen Sie bitte, Gott ruft mich. Ich muß jetzt beten gehen, aber kommen Sie doch morgen wieder vorbei. Wir haben dann sicher Gelegenheit, unser Gespräch fortzusetzen.»

Gemeinsam erheben sich die Studenten-Schreiber von ihren Bänken. Sie sind alle in weiße Boubous gehüllt – wie ich – und gehen mit ihren Gebetsketten hinter dem Leiter der Bibliothek hinaus.

Pape hat außer «guten Tag», «auf Wiedersehen» und «danke» kein Wort gesagt. Am Ausgang der Bibliothek atmet er tief durch, leiht sich beim Ladenbesitzer um die Ecke einen Teppich und geht beten.

Wir wohnen privat, und zwar bei einer Frau, genauer gesagt sind es sogar zwei Frauen: Khady und Astou Dieng, beide unverheiratet, beide wundervoll, groß, schlank, schmale Hüften, kleine Brüste und Beine! In typisch moslemischer Gastfreundschaft sind die beiden, ganz wie es sich gehört, hoch erfreut uns beherbergen zu können. Sie sind eins mit ihrer Tradition, fühlen sich wohl mit ihrem Leben und in ihrem Körper. Sofort beschließe ich, Pape zu verheiraten. Ja, doch, ich finde, in seinem Alter wäre es jetzt langsam Zeit! Hier ist eine ideale Partie, beide Frauen sind höchst begehrenswert und gebildet obendrein. Ich frage Pape also, welche er nehmen würde. Und was tut er? Er antwortet mir nur, daß Frauen teuer sind und er es sich im Moment nicht leisten kann, ans Heiraten zu denken, daß er sich mit seinen dreiunddreißig Jahren immer noch sehr wohl fühlt bei seiner Mutter, auch wenn es manchmal ätzend ist, und daß ich mich besser um meinen eigenen Dreck kümmern soll, statt ihn mit diesem idiotischen Scheißdreck zu nerven. Ich kann's nicht fassen, also versuche ich's mit Ironie, mit Argumenten, mit Beleidigungen, schließlich mit Trost:

«Khady und Astou arbeiten schließlich beide (Khady ist Krankenschwester, Astou Buchhalterin)», sage ich in vollem Ernst. Ich spreche mit ihm wie mit einem Bruder. «Mach dir keine Sorgen, Alter! Sie verdienen ihr eigenes Geld, diese Mädels. Sie kommen sehr gut klar.» Letztlich glaube ich, daß es genau das ist, was ihm nicht paßt.

Pape ist eine Nervensäge in dieser Hinsicht. Ich sage ihm, daß er schlicht verwöhnt ist. Die Frauen in diesem Land sind dermaßen schön, sympathisch, ansprechend und dann auch noch zu haben! An seiner Stelle würde ich nicht lange fackeln. Wenn ich zum Islam konvertieren würde, wäre ich polygam und würde auf der Stelle beide heiraten. Ich schwöre euch, ich hätte nicht die geringsten Bedenken, was das angeht.

Andererseits braucht man ja nicht gleich zu heiraten, wenn man sich amüsieren will ...

• • •

»El Hadj Malick M'backé M'baye, wo bist du, El Hadj Malick M'backé M'baye ... Es lohnt sich bestimmt nicht, das Telefonbuch von Touba zu bemühen. Der steht da nicht drin», sage ich genervt.

Ich bin mir nicht sicher, ob Pape das so lustig findet.

«El Hadj Malick M'backé M'baye, El Hadj Malick M'backé M'baye ...», äfft Pape mich nach. «Du hältst mich wohl für einen Komiker, was?»

Papes Laune ist nicht die beste. Er findet meinen Humor blöd und läßt mich das spüren. Er ist richtig ärgerlich. Schon wieder. Ich gehe in die Defensive:

«Nein, Pape, natürlich bist du kein Komiker, tut mir leid ...»

«Ich kenne Touba. Ich war hier schon mehr als zehnmal!» schmettert er, etwas lauter als gewöhnlich, meine Arroganz ab. «Auch mein großer Marabout wohnt hier, in M'backé, direkt neben Touba.»

«In M'backé???»

Pape erklärt es mir (ich kann es ja nicht wissen): Touba ist Privatbesitz der Familie von Scheich Ahmadou Bamba, eine selbstverwaltete Stadt mit besonderem Status inmitten einer Republik. Touba zahlt weder Steuern noch Abgaben und beschließt seine eigenen Gesetze. So sind zum Beispiel Alkohol, Rauchen und Trommeln verboten. Um unnötige Schwierigkeiten zu vermeiden und lebensfremde Zwänge zu umgehen, hat sich an den Grenzen Toubas das liberalere Dorf M'backé gebildet, wie ein kleines harmloses Geschwür. Ein Raucher kann also Touba ganz diskret verlassen, um sich in M'backé zu entspannen und uneingeschränkt seinem Genuß hinzugeben. Seinen Tabak oder das Gras seiner Wahl zu rauchen ist hier jederzeit möglich. M'backé ist eine wirklich praktische Lösung, um Ausschweifungen einzugrenzen. In der Politik wie in der Liebe ist absolute Zensur immer tödlich. Sie steht am Anfang aller Verbrechen und des schlimmsten Machtmißbrauchs. Auf diesem Gebiet – aber nicht nur auf diesem – erweist sich der Großkalif von Touba als sehr kluger Kopf.

Touba, die Heilige, und M'backé, die Dreiviertel-Schlampe.

«Als der fette Mohammed Job von M'backé M'baye gesprochen hat, wußte ich sofort Bescheid», sagte Pape. «In M'backé ist so gut wie alles erlaubt, der Handel blüht. Laß uns aber erst mal bei unseren Schwestern in Touba bleiben», rät Pape. «Das ist ein sicheres Basislager, von wo aus wir in aller Ruhe agieren können. Und wir sind da ja auch gut untergebracht.»

Das kann man sagen, mein Freund, denke ich bei mir.

Pape, ganz ernst, schlägt folgendes vor:

«Wir müssen so schnell wie möglich meinen Marabout aufsuchen, Sérigne Goré-tine. Der weiß Bescheid über alles, was in M'backé los ist, er ist immer auf dem laufenden. Denn ich sage dir, hab's dir schon mal gesagt», und er erhebt seine Stimme, «er ist ein großer Marabout, ein ganz großer.»

Ich glaube es gerne und wage es sowieso nicht, Pape in diesem Punkt zu widersprechen.

«Sérigne Goré-tine ist ein großer Gelehrter, eine Autorität, aber leider spricht er kein Französisch», bedauert Pape. «Aber ich werde alles genau übersetzen.»

Wenn ich ihn nicht hätte …

Touba und M'backé sind beide ziemlich groß, aber Touba, die heilige Stadt, ist mit ihrer prächtigen Moschee, der größten Schwarzafrikas, eine richtige Hauptstadt. Mächtig und weit fallen die Schatten ihrer Minarette über die Landschaft. Jeder Platz und jeder Winkel der Stadt wird einmal am Tag von ihnen gestreift: das Mausoleum von Scheich Amadou Bamba, sein Haus, die Häuser seiner Frauen und Kinder, die Bibliothek, die Residenzen des Großkalifen, der anderen Kalifen, der Abgesandten, der Botschafter, die Gästehäuser für hohe Würdenträger, die zu Besuch kommen … Jedes Jahr Anfang Juli, wenn der große Magal stattfindet, eine Wallfahrt zu Ehren von Scheich Ahmadou Bamba, strömen aus der ganzen Welt mehr als eine Million Mouriden nach Touba. Am Ende dieses Jahrtausends wird Touba, nach Dakar, die zweitwichtigste Stadt im Senegal sein. Das Schicksal eines heiligen Dorfes: Touba ist ein nicht nur spiritueller, sondern auch wirtschaftlicher Anziehungspunkt geworden. Und das Schicksal eines Marabouts, der eines Tages aus heiterem Himmel zum Anführer eines ganzen Volkes wurde. Mame Bamba dieure-dieuf! Ja, mit einem großen Kraftakt hat Sérigne Touba das Herz der Senegalesen vereint.

M'backé ähnelt eher einer unprätentiösen Provinzstadt. Wie Touba ist es sehr weitläufig, immer wieder sieht man Felder und Brachland. Überall jedoch entstehen neue Viertel, halbfertig, zum Teil bewohnt, manchmal schon wieder im Verfall. Hier und da Industriebaustellen und Lagerhallen, die mal leer und am nächsten Tag voll sind und streng bewacht.

Die breite Prachtstraße, die von Touba nach M'backé führt, ist gut fünf Kilometer lang und schnurgerade. Ein nordkoreanischer Stadtplaner hat für eine quasi russische Perspektive gesorgt, die an beste, besser gesagt, schlimmste stalinistische Visionen erinnert.

An der Grenze der heiligen Stadt eine Straßensperre der Polizei von Touba. Warum? Ohne Nachsicht kontrollieren sie den gesamten Warenverkehr und halten nach Schmugglern Ausschau. Ich drücke mich in meine Ecke, verziehe mich in meinen Turban. In Richtung M'backé sind die Kontrollen allerdings weniger scharf.

Wer, wieviel und was geht ihnen durch die Lappen? Niemand weiß es. Und was ist ihr eigenes Geschäft?

Vor der Moschee in Touba nehmen wir ein Sammeltaxi, einen übervollen Toyota Pickup, und am Busbahnhof von M'backé klettern wir von der Pritsche wieder runter. Ich brauche dringend ein Bier, finde aber nur ein lauwarmes Mini-Fläßchen. Besser als nichts.

Die Stimmung in M'backé ist völlig anders als in Touba, viel weniger spirituell, viel diesseitiger. Es herrscht große Geschäftigkeit. Hier ist es, wo Geld und Warenströme fließen. Riesige verschnürte Pakete, die ihren Inhalt nicht mehr erkennen lassen, werden auf die Ladeflächen der Laster und Karren gepackt.

«Was glaubst du, was da drin ist?» frage ich Pape.

«Mehl, Getreide, was weiß ich.» Seine Antwort klingt leicht gereizt.

«Glaubst du das wirklich?»

«Hm ... weiß nicht», gesteht er.

«Ich würde mir das gern mal genauer anschauen.»

«Gut, wie Sie wollen, aber nicht bei hellichtem Tag ...»

«Nein, natürlich nicht! Hältst du mich für einen Komiker?» Ich benutze seinen Ausdruck, und Pape akzeptiert meinen Scherz. Wir müssen beide lachen. Schon besser.

M'backé nutzt die Protektion Toubas, um sich vor den senegalesischen Gesetzen zu drücken. Gleichzeitig unterliegt es aber nicht den strengen Regeln der heiligen Stadt. Vorteile noch und noch.

M'backé ist eine Stadt der Baay Fall, wo auch zahlreiche Talibés von Mame Scheich leben. Ich erinnere mich an das, was Scheich Sène erzählte, die Nacht damals, Julie, Jesus Christus, Allah und was weiß ich noch alles, ein Paralleluniversum … M'backé, Baay Fall, keine Gebete, kein Fasten, nur Geschäfte, rek. Der Tag, an dem ich mich fragte, ob der Zweck die Mittel heiligt. Die Frage ist immer noch offen, mehr als zuvor.

M'backé ist tatsächlich wie die Baay Fall, mit ihrem tiefen Eigensinn. M'backé ist die Parallelstadt, *Underground*, die BETA-Stadt.

In M'backé hat sich also der berühmte M'baye versteckt, ein letzter Hinweis auf Hakim, Abdoul-Rauf und die zwei entführten Künstler. Nach allem, was Matar Faye uns in der Bibliothek gesagt hat, achtet man in Touba sehr darauf, daß sich in der heiligen Stadt keine Schwindler einnisten. In M'backé hingegen kann jeder dahergelaufene Gauner leben, wie es ihm gefällt, und ungehindert seinen Geschäften nachgehen. Ein himmlisches Plätzchen.

• • •

Sérigne Goré-tine wohnt am westlichen Ortsrand von M'backé, weit weg vom Busbahnhof. Wir machen uns auf den Weg. Die Straßen sind sandig, eigentlich nichts als leere Flächen zwischen den Häusern, Gehwege gibt es nicht. Nur die Landstraße, die M'backé als Hauptstraße durchquert, ist asphaltiert.

Unser Marsch wird zu einem erschöpfenden Kreuzweg. Es gibt nichts Anstrengenderes, als im Sand zu laufen. Die Fußgelenke werden tonnenschwer, die Waden hart wie beim Anstieg zum Tourmalet und die Beine ganz steif. Außerdem trete ich ständig auf meinen Umhang. Plötzlich liege ich mit der Nase im Sand. «Ah, ich Trottel, so 'ne Scheiße! Verdammte Hacke!» spucke ich nur noch. Pape lacht sich schlapp.

Die Sonne knallt uns aufs Hirn. Nach zehn Minuten lassen wir uns auf einer Türschwelle nieder, im riesigen Schatten eines Kapokbaums, der uns vor der Himmelsglut schützt. Ein Kind bringt uns Tee. Pape stürzt das kochendheiße Getränk runter, seine Hände zittern. Auch ich lasse mich nicht lange bitten und trinke den Tee in einem Zug. Tut das gut. Wir bedanken uns tausendmal. Dann kommt die Schwester des Kleinen und bietet uns wortlos Erdnüsse an. Sie lächelt. Sie ist sehr hübsch und sehr sexy, und sie rollt mit den Augen. Alle zusammen preisen wir Gott. In diesem Land leben die Engel mitten unter uns.

Es ist unmöglich, weiter zu Fuß zu gehen, der Weg ist zu weit, und es ist zu heiß. Pape hat keinen Bock mehr, er würde gern den ganzen Tag Siesta halten. Ich auch. Aber plötzlich entdecken wir ein paar Pferde. Es sind fünf oder sechs, sie stehen auf einer Koppel. Pape und ich schauen uns an. Zwei Seelen, ein Gedanke.

«Kannst du reiten?» frage ich ihn.

«Klar, kann doch jeder!» antwortet er zuversichtlich und pfeift durch die Zähne.

Aber ehrlich gesagt, ich kann mir Pape überhaupt nicht auf einem Gaul vorstellen. Was mich angeht, so beschränken sich meine diesbezüglichen Erfahrungen auf ein einziges Erlebnis, das ich im Alter von acht oder neun Jahren auf einem enorm bockigen, kurzbeinigen Pony gemacht habe. Ich erinnere mich gut. Nein, ich weiß beim besten Willen nicht, wie man die Viecher dazu bewegen kann, vorwärts oder rückwärts zu laufen oder sich umzudrehen. Im 11. Arrondissement laufen nun wirklich keine Gäule rum, aber trotzdem, ich bin bereit, den Versuch zu wagen. Mit dem richtigen Feeling wird's schon klappen. Außerdem sehen die Gäule ganz relaxed aus, etwas ausgehungert vielleicht. Sie kauen auf ein paar Halmen rum. Von mir aus kann's losgehen.

«Okay, einverstanden», sagte ich zu Pape.

In Wirklichkeit glauben weder Pape noch ich, fürs Reiten geschaffen zu sein, nur die Abenteuerlust kitzelt uns wie vor einer Fahrt auf dem großen Karussell. Ich sehe mich schon in wehender weißer Gewandung hoch zu Roß dahingaloppieren. Und ich glaube, Pape geht es nicht anders.

Der Besitzer der Pferde heißt Ali. Pape verhandelt mit ihm. Wie immer halte ich gut zehn Meter Abstand.

Als Pape zurückkommt, sieht er mißmutig aus.

«Kein Sattel», sagt er.

«Wie! Kein Sattel!»

«Er hat eben keinen Sattel, nur eine kleine, unnütze Decke. Steigbügel gibt's auch keine», erklärt er. Pape scheint nicht mehr sehr überzeugt von der Aktion.

«Na ja, uns auf ein Pferd zu setzen ohne Sattel? Ich weiß nicht recht, ob wir uns da nicht den Hals brechen?!»

Und nun? Wenn überhaupt einer, dann bin schließlich ich der Chef hier, also fälle ich kurzerhand eine Entscheidung.

«Vergiß es. Wir lassen es bleiben!»

Ich spüre Papes Erleichterung. Er hat doch keine Lust auf Rodeo.

Ali findet eine Lösung für unser Problem. Er spannt einen Wagen an. Ausgezeichnet! So lassen wir uns ziehen, und relaxen im Trott des Pferdes und dem Peitschenschlag seines Herrn.

Pech! Sérigne Goré-tine ist nicht zu Hause.

Zusammen mit ungefähr zehn Talibés warten wir auf seine Rückkehr. Man hat uns in seinen Salon gebracht, ein leeres Zimmer, das mit Teppichen ausgelegt ist. In einer Ecke rülpst und furzt ein Miniventilator vor sich hin, der zu gar nichts nütze ist. So nahe kann man gar nicht rangehen, um in den Genuß seines Lüftchens zu kommen.

Im Hof spielen kreischend Kinder. Frauen machen das Essen, fegen den Boden und strecken sich dann auf einer Matte aus. Sie flechten sich Zöpfe, plaudern und scherzen. Und wir? Wir warten schweigend. Die Männer lesen im Koran, die Gebetsketten wandern. Beim Ruf des Muezzins beten sie. Wir sind genervt. Wir warten, ohne ein Wort. Kein Mensch spricht Französisch, aber zum Glück reicht mein Wolof inzwischen soweit, um wenigstens ein paar Brocken zu verstehen. Ich muß die Ohren aber schon sehr spitzen. Die Talibés sprechen von Sérigne Touba. Immer und ewig wiederholen sie das Leben des Marabouts und seine Geschichte.

Vier Stunden später sind wir immer noch da, halb auf den Matten ausgestreckt. Freundlicherweise hat man uns etwas zu essen gebracht (Yassa-Hühnchen mit Zwiebeln und Zitrone. Ich verbrenne mir die rechte Hand beim Essen). Zu trinken serviert man uns *Bissap*, Heidelbeersaft. Um mich herum ist der eine oder andere Talibé eingeschlafen, und auch ich würde mir gern eine kleine Siesta genehmigen. Pape schnarcht. Ich beginne einzunikken, warum auch nicht. Ich werde wach, reibe mir die Augen. Wie lange habe ich gepennt? Wir sind, wo wir waren. Die Situation ist unverändert, wir warten. Ameisenkolonien laufen über die Wände, ich fange an, sie zu zählen, jede einzelne. Ich langweile mich entsetzlich.

Es wird Abend, und immer noch kein Sérigne Gorétine. Ich bitte Pape, doch mal nachzufragen, aber seine Antwort lautet nur:

«Er wird bald kommen, Inschallah.»

Nichts zu machen.

«Inschallah!» sage auch ich.

Schließlich gehen wir. Wir werden morgen wiederkommen und auch alle folgenden Tage, wenn's sein muß.

Wir bedanken uns und verabschieden uns mit dem Gruß der Mouriden, indem wir uns die Hand auf die Stirn legen, eine anmutige, zarte, eine senegalesische Geste.

• • •

Im Innenhof bei unseren Schwestern herrscht an diesem Abend eine wilde, ausgelassene Stimmung. Von überall tauchen Leute auf, hauptsächlich Jugendliche, aber auch Kinder und ein paar Alte mischen sich etwas verspätet unter das Volk, das sich bei Khady und Astou versammelt. Einige bringen Sitzbänke, Stühle oder Matten und Umhänge mit. Schließlich erscheint auch noch jemand von gewisser Wichtigkeit, eine Persönlichkeit im Blaumann, mit einem Schraubenzieher in der Hand. Ich werfe einen fragenden Blick auf Pape, er schaut ebenso verwundert zurück.

Der Mann mit dem Schraubenzieher geht ins Haus, und als er wieder rauskommt, fummelt er an Elektrokabeln herum. Die Spannung steigt. Der Mann flüstert Khady etwas ins Ohr, dann verschwinden sie zusammen im Haus. Was geht hier vor?

Als Khady in den Hof zurückkommt, hat sie einen kleinen Schwarzweißfernseher dabei, den sie auf einem Stuhl abstellt. Jetzt drängeln alle, um einen guten Platz vor diesem Minibildschirm zu ergattern. Man wirft mir komplizenhafte, aufmunternde Blicke zu, die ich nicht verstehe. Pape und ich setzen uns, als ob nichts wäre. Ich komme mir vor, als würde ich unbekannte Sitten, ein fremdes Ritual entdecken. Letzte Handgriffe des Technikers, dann macht er den Fernseher an … Einige Sekunden Spannung, Rauschen, der Techniker benutzt jetzt hemmungslos die Methode der Suggestion, zupft das Kabel, das als Antenne dient, in alle Richtungen (seltsamerweise ragt aus dem Gehäuse des Fernsehers eine Gabel; sie soll wohl einen Kontakt überbrücken), und irgendwann stabilisiert sich das Bild, o Wunder, die Kiste funktioniert! Sicher, der Empfang ist scheiße. Es schneit, wie man bei uns sagen würde, Kontraste fehlen völlig, und immer wieder laufen Balken übers Bild, aber das Publikum ist wunschlos glücklich. Man soll nicht zuviel verlangen.

Der Ton allerdings ist ausgezeichnet und dröhnt über den ganzen Hof. Was für eine freudige Überraschung, diese vertrauten Stimmen, die man unter Tausenden wiedererkennt: die Stimmen der Sportkommentatoren Thierry Roland und Jean-Michel Larqué! Und das hier in Touba! Thierry Roland ist superaufgeregt, schon brennen ihm die ersten Sicherungen durch, und er ergeht sich in seltsamen Bemerkungen und obszönen Ausfällen, die die Zuschauer hier vor dem Bildschirm glücklicherweise überhaupt nicht verstehen. Jean-Michel Larqué, der andere Typus des klassischen Kommentators, versucht seinen Kollegen zu beschwichtigen: «Hören Sie, Thierry… trotz allem, Thierry …»

Aber das wichtigste ist natürlich das Spiel. Und was für ein Spiel! Mein Herz bleibt vor Freude fast stehen. Im Fernsehen, heute abend, live! Das Achtelfinale im Europapokal der Pokalsieger, Celtic Glasgow gegen Paris Saint-Germain! Das ist ein Wunder! Das gibt's doch gar nicht! Es macht mich schlicht und einfach glücklich. Jetzt verstehe ich auch das Augenzwinkern von vorhin. Alle Leute hier sind natürlich auf meiner Seite, mir wird ganz warm ums Herz, und auch Pape ist begeistert.

Ah! Paris Saint-Germain, mein Paris Saint-Germain! Mein kleiner Bruder! Ich habe die Geburtsstunde erlebt, ich liebe und unterstütze ihn, egal was kommt. Ich kämpfe für Paris Saint-Germain, und nie würde ich das Terrain kampflos den Neofaschisten überlassen, die aus dem heiligen Rasen – meinem heiligen Rasen – ihre Spielwiese machen wollen.

Heute geht es um Fußball, nicht um Politik, und zwar um den besten, um offensiven, virtuosen Fußball, meisterlich, ja erhaben inszeniert von PSG-Trainer Luis Fernandez. Auf seiner Bank schneidet er eine Grimasse, kratzt sich deutlich sichtbar am Sack (zur großen Freude des Publikums), schneuzt sich in den Ärmel, tauscht aus, gestikuliert in alle Himmelsrichtungen und schreit den Spielern seine Anweisungen über den Platz. Mein geliebter Trainer hat fünf Stürmer auf den schottischen Rasen gestellt, und zwar Patrice Loko, Raï, Julio César, Dely Valdès, Pascal Nouma und Youri Djorkaeff, genannt ‹le Snake›. Heute abend wird Paris Tore schießen und zwar Auswärtstore! Die Schotten von Celtic Glasgow sind nicht gerade bekannt dafür, anderen den Vortritt zu lassen. Im Gegenteil. Diese Jungs geben nie auf. Um zu siegen, den Ausgleich zu erzielen oder nur der

Ehre wegen lassen sie ihr Herz auf dem Platz und ihre Lungen, und, wenn es sein muß, auch noch die Nieren.

PSG hat größte Mühe mit der schottischen Hintermannschaft. Oft stehen sie zu zehnt vor dem eigenen Tor, und sie stehen gut. Es dauert gut achtzig Minuten voller Höchstspannung, Engagement, Durchhaltevermögen und taktischer Ruhe, bis eine Viertelstunde vor Schluß Djorkaeff endlich explodiert und mit einer glänzenden Einzelleistung das 1 : 0 schießt. Endlich, die längst fällige Führung und das Tor zum verdienten Sieg. Wurde aber auch höchste Zeit!

Heute abend müssen die grün-weißen Trikots was riskieren und nach vorne spielen. Erstens liegen sie mit 0:1 im Rückstand, müssen also noch zwei Tore schießen, ohne ein weiteres Gegentor zu kassieren, sonst können sie sich nicht mehr für die nächste Runde qualifizieren. Zweitens spielen sie zu Hause, und das heißt, sie müssen die Erwartungen ihrer Fans erfüllen, die treu, laut und zahlreich sind, aber auch fordernd. Also, fighting spirit, please, und etwas mehr Siegeswillen, meine Herren!

Im Hof unserer beiden Schwestern sind natürlich alle ohne Ausnahme auf der Seite von Paris Saint-Germain. Pape ist ziemlich stolz darauf, persönlicher Freund eines echten Parisers zu sein. Ich kenne die Mannschaft auswendig, kann das Spiel mit geschlossenen Augen kommentieren und Thierry Roland und Jean-Michel Larqué jederzeit, ohne Vorbereitung ersetzen. Die Spieler sind meine Kinder und gleichzeitig meine Kumpel. Heute teilen sie richtig aus. Gleich zweimal entwischt Patrice Loko der Celtic-Abwehr. Nach einer Serie überraschender Dribblings schlängelt er sich durch die gegnerische Abwehr, Doppelpaß mit Raï, völlig lässig – die verstehen sich blind –, totale Fußballakrobatik. Loko spielt mit seinen Gegenspielern, die keinen mehr hochkriegen, und kreuzigt genüßlich den schottischen Torwart: Mit offenem Mund, wie ein Fisch mit verschränkten Armen, sitzt der auf seinem Arsch. Wir springen alle gleichzeitig auf und schreien wie verrückt. Ich flippe völlig aus – ich geb's ja zu – und weine in Papes Armen. Auch ein paar zehnjährige Mädchen brechen in Tränen aus, als sie mich sehen. Aber ich heule doch nur vor Freude! Ich denke, dieser Gefühlsausbruch hat auch damit zu tun, daß ich so weit von zu Hause weg bin, aber wie schön und intensiv das doch ist. Ich habe Schüttelfrost. Um den Gnadenschuß kümmert sich ‹Le Snake› höchstpersönlich: Ballannahme à la Djorkaeff, linker Fuß, Außenrist, dreimal drängt er Mac Kinlay ab, schaut hoch, sieht, daß Vincent Guérin auf links schlecht plaziert ist, aber Laurent Fournier ist mitgelaufen und kreuzt vor ihm. Youri legt sich den Ball auf den anderen Fuß und zieht zur Mitte. Der Ball klebt ihm förmlich am Fuß. Etwa zwölf Meter vor dem Tor von Celtic lupft er den Ball über den Torhüter Marshall, dem noch vom Anblick Patrice Lokos ganz schwindlig ist, und jetzt steht er auch noch zu nah an der falschen Ecke ... und hämmert ihn genau ins Lattenkreuz! 3 : 0! Unvergleichlich, unvergeßlich. ‹Le Snake› ist unter einem Berg blau-roter Trikots begraben. Alle kommen sie angerannt: Daniel Bravo, Patrice Colleter, Bruno N'gotty, Francis Llacer (der wie immer eingewechselt wurde), Bernard Lama, Paul Le Guen, José Cobos und Oumar Dieng – ein Senegalese mit demselben Nachnamen wie unsere Schwestern Khady und Astou. Das gibt natürlich einen Extrabeifall im Hof! Dann sind da auch noch Luis Fernandez und Joël Bats, Altstar von PSG und der Nationalmannschaft und heute Trainerassistent. Unsere Beifallsstürme übertönen den Gebetsaufruf des Muezzin. Er ruft noch mal, aber unser Geschrei ist einfach zu laut. Ich werde von jedem einzelnen feierlich umarmt und feste gedrückt. Plötzlich habe ich einen Flash-back. Ich erinnere mich an die Voraussagen des alten Lucien im *Pied de Porc*: «Paris Saint-Germain wird den Pokal holen, und niemand wird sie aufhalten!» In einem solchen Moment ist das *Pied de Porc* doch verdammt weit weg, am anderen Ende der Welt, auf einem anderen Planeten.

Der Abend ist vorbei und der Hof leer. Nach dem Spiel haben wir noch viel geredet, und ich habe jeden einzelnen Spielzug und jedes Tor nachgespielt, erst in der Rolle von Raï, in der ich echt gut bin, und dann noch mal in der von Patrice Loko, die ich nicht so perfekt draufhabe. Tee haben wir natürlich auch getrunken, mindestens zwölfmal, mit Pape als geschicktem, ausdauerndem Zeremonienmeister. Über Gott und die Welt haben wir auch noch geredet.

Es ist spät. Astou kommt in mein Zimmer. Es ist ganz dunkel. Kein Licht, keine Kerzen. Sie bleibt bei mir. Wir flüstern, und dann lieben wir uns. Wir lassen uns Zeit, bis ich so high bin, daß ich schwebe. Dann geht sie. Der Abend, die Erlebnisse, das Spiel, Touba, mein Leben … ich bin ganz betrunken. Ich bin schläfrig, zwischen zwei Welten und schon halb eingeschlafen, als Khady auftaucht (zumindest glaube ich nicht, daß das schon wieder Astou ist). Ich höre ihr Herz klopfen, ihre Stimme und spüre ihren Mund. Wo hört der Traum auf, wo beginnt die Realität? Phantasien sind ein Teil unseres wahren Ich. Ich spüre das tiefe Bedürfnis, immer so zu leben. Was für eine Nacht!

Trotz der unerträglichen Hitze unter dem Zinkdach stehe ich am nächsten Morgen erst um zwölf auf. Pape schläft noch und schnarcht wie ein Bierkutscher. Ich wecke ihn. Schluß mit der Faulenzerei! Auf geht's! Auf nach M'backé und noch mal zu Sérigne Goré-tine. Damit habe ich mehr Erfolg: M'backé, ein Flägchen im Vorübergehen, zum Marabout, die Zeit, die wir brauchen, um dort anzukommen, die Warterei ... Und daß ich schließlich damit nicht mein ganzes Leben zubringen will ...

Der Tag nimmt seinen Lauf. Die Schwestern haben uns was zu essen gemacht. Sie sind großartige Köchinnen, haben zwei echte Cordon bleu zubereitet, dazu senegalesische Spezialitäten. Vor allem die Desserts sind ausgezeichnet. Bananenmilch, Ananas mit Crème fraîche aus Schafsmilch, und an allem viel Zucker. Wir essen. Dann macht Pape den Tee. Wir lassen uns Zeit, gönnen uns schließlich noch eine kleine Siesta auf der Matte. Astou massiert mir Rücken und Schultern. Von einer solchen Massage habe ich schon immer geträumt! Dann verschwinden wir eine Weile im Zimmer nebenan. Kurz, wir leben wie Leute, die sehr viel Zeit haben. Ich habe mich dem Klima und dem Lebensrhythmus in Touba ganz gut angepaßt.

Dann wollen wir aber doch nach M'backé aufbrechen, und das ist auch gut so. Mein Kopf dröhnt etwas seltsam, und so frage ich Pape:

«Hast du zufälligerweise letzte Nacht von Scheich Ahmadou Bamba geträumt?»

«Ich wollte dich gerade dasselbe fragen», antwortet Pape. Er klingt etwas ängstlich.

«Ist zwar verrückt, aber ich hab Angst, Sérigne Goré-tine könnte im Traum zu mir sprechen und von mir verlangen, ich solle hierbleiben und ihm den Rest meines Lebens dienen ...»

Ich spüre Papes Verlegenheit.

«Aber nein, nein!» sagt er.

«Wenn Mame Bamba mir einfach so erscheint, nach mir ruft, mir die Hand reicht und mich in seine Arme nimmt, was wird dann aus mir? Kannst du dir wirklich vorstellen, daß ich mein Leben hier verbringe, Pape, im Dienste des Marabouts, daß ich mich ihm unterwerfe?»

Ein bißchen mache ich mich schon lustig, aber doch nur zur Hälfte.

Pape weiß nicht, was er mir antworten soll.

«Aber nein, aber nein ...» wiederholt er und macht sich zum Aufbruch bereit.

Was *er* wohl geträumt hat?

Touba beherrscht mich, wie Touba alle beherrscht, die hierherkommen. Touba und Mame Bamba, ein Geist, ein Herz, ein Leben.

12

PFERD UND WAGEN und Kutscher Ali warten dreihundert Meter weiter auf uns, hinter einer hohen stacheligen Hecke bei einem großen verlassenen Haus. Das Pferd frißt Heu, und der Kutscher hält ein Schläfchen. Er hat die Mütze über den Kopf gezogen und die Sandalen von den Füßen gestreift.

Den Blicken der Wachen geschickt ausweichend und ohne jegliche Gewalt anzuwenden, gelangen wir bis zu den Lagerhallen und dringen in einen Schuppen ein, der interessant sein könnte. Was ist wohl in diesen großen Ballen drin, die da hinten gestapelt liegen? Pape bewegt sich fast lautlos vorwärts, er springt wie eine Katze. In weiser Voraussicht trägt er leichte Turnschuhe, die zwar den Fußgelenken guten Halt geben, aber eine weiche Sohle haben. Dicke Schweißtropfen laufen an ihm herunter. Mir geht es nicht anders. Ich schwitze vor allem unter den Armen wie ein Schwein. Schweiß kitzelt

mich an den Rippen.

Ich habe den Boubou ausgezogen, er wäre nur hinderlich gewesen. Jetzt bin ich beweglicher und kann rennen, wenn es sein muß. Für den Fall, daß was schiefgeht, haben wir abgemacht, keinesfalls beide in dieselbe Richtung zu rennen, sondern getrennt abzuhauen. Wie man sieht, sind wir, was unsere Rettung angeht, bestens auf alles vorbereitet.

Niemand hat gesehen, wie wir hier eingedrungen sind. Die Wachen sind entspannt, rauchen Zigaretten und unterhalten sich leise. Erstes wichtiges Indiz: Sie sprechen englisch miteinander! Ich werfe Pape einen vielsagenden Blick zu. Diesmal sind wir richtig. Wir schleichen wie Giftschlangen vorwärts, und ich bin mal wieder der französischen Armee sehr dankbar, daß sie mich zum Strafbataillon geschickt und mir dort ein paar Tricks beigebracht hat, die mir schon manchmal, unter bestimmten Umständen, nützlich waren. Mit Pape verständige ich mich durch Handzeichen. Unsere Sinne sind extrem geschärft. Ein Blick nach rechts oder links, nach hinten, nach vorne. Dann überprüfen wir die toten Winkel. Niemand. Nicht die geringste Bewegung. Scheinbar ist alles in Ordnung. Wir sind nur noch wenige Meter von unserem Ziel entfernt. Pape holt sein Messer raus, eine Art senegalesisches Armeemesser, bereit, einen Stoffballen aufzuschneiden. Ich höre auf zu atmen, kein Sauerstoff dringt mehr in meine Lungen. Mit erhobenem Daumen gebe ich Pape das vereinbarte Zeichen: Noch eine Minute. Dann los ...

M'backé. Ein Gefühlsschock für mich. Das Wiedersehen zwischen Pape und Sérigne Goré-tine, seinem Marabout! Die zwei Männer umarmen sich und halten sich lange umschlungen. Wortlos. Ein Moment außergewöhnlicher Intensität. Das ist nicht nur tiefe Verbundenheit zwischen den beiden. Das ist spirituelle Einheit. Dann hilft Pape dem Alten, sich zu setzen. Die Gelenke des Marabouts knirschen zwar, aber er ist dennoch erstaunlich beweglich. Seit langem schon alterslos, dürfte er inzwischen locker über hundert sein. Er wüßte sein genaues Geburtsdatum sicher gar nicht anzugeben. Bei den Geburtenregistern damals …

Sérigne Goré-tine hat Sérigne Touba (1927 gestorben, ihr erinnern euch) gut gekannt. Er war ein Schüler der ersten Stunde und blieb ihm auch während des Exils in Gabun und Mauretanien treu. Auch Scheich Ibra Fall war ein Kumpel von ihm. Sérigne Goré-tine lacht sich fast kaputt, als er von Mame Scheich spricht. Der Chef der Baay Fall war ein phantasievoller Mann, der besondere Freiheiten genoß. Man nannte ihn auch den Verrückten von Bamba.

Viele Talibés kommen her und hören zu, wie Sérigne Goré-tine voller Leidenschaft aus dem Leben von Scheich Ahmadou Bamba erzählt, von der Familie dieses Dieners des Propheten, von seinen vierzig Söhnen, den unzähligen Enkelkindern und Nachkommen, die heute die aktive und mächtige Elite des Mouridismus ausmachen. Eine phantastische Geschichte, die er schon seit siebzig Jahren in allen Tonlagen und Variationen erzählt! Die Erinnerungen vermischen sich mit Improvisiertem. Das Erinnerungsvermögen von Sérigne Goré-tine ist ein zerbrechlicher und empfindlicher Mechanismus, und manchmal geht es mit ihm durch. Sérigne

Goré-tine, selbst Märchenerzähler und Dichter wie schon sein Vater im Jahrhundert zuvor, legt in die Legende um Bamba sein ganzes Können und seine ganze Energie, seine ganze Vorstellungskraft in die Verse, seine Inspiration in neue Reime, seine Freiheit in die Metaphern, in die Entwicklung von Ideen oder Formen. Sérigne Goré-tine erfindet sogar ein paar echt avantgardistische Reime.

Neben seinem literarischen Talent ist er ein guter Schauspieler. Er besitzt eine einfallsreiche Körpersprache (vor allem der Hände) und beherrscht das Wechselspiel von Handlung und Stille. Man wird von seiner Kunst regelrecht in Bann gezogen.

Sérigne Goré-tine bietet uns Tee an, den eine Alte auf einem Silbertablett serviert. Die drei berühmten Runden. Das Zimmer des Marabouts – sein Büro – hat einen Boden aus gestampfter Erde, auf der Matten ausgebreitet sind. Ein Kassettenrecorder leiert heilige Verse vor sich hin. Dann sind da noch, auf einem Kanapee, Koran-Ausgaben aus mehreren Jahrhunderten, wahre Museumsstücke! Und an den Wänden überall Porträts von Scheich Ahmadou Bamba (mit Ausnahme eines Posters vom Großkalifen von Touba in Originalgröße). Wie viele es wohl sind? Wahrscheinlich über fünfzig, und alle von verschiedenen Malern. Jeder von ihnen hat seine eigene Sicht auf Sérigne Touba dargestellt, Träume, Inspirationen, Halluzinationen, Wahrheiten … Sérigne Touba gewidmet. Sérigne Touba lebt. Er ist immer unter uns.

Pape kniet auf einem Gebetsteppich, die Handflächen zeigen nach oben, die Gebetskette hält er zwischen Daumen und Zeigefinger. Er überschlägt sich vor lauter Amdoulila-i-la-la, Inschallah und Dieure-dieuf. Sérigne Goré-tine berührt ihn an der Stirn und wäscht ihn rein von allen Schwächen, Verfehlungen und Dummheiten, die das Leben so mit sich bringt. Der Marabout murmelt vor sich hin in Arabisch und Wolof, spuckt und bläst auf die Gebetskette, und plötzlich breitet er die Arme aus, klatscht dreimal in die Hände, hebt Staub von der Erde auf und wirft ihn in die Luft, so daß er sich weit im Raum verteilt. Der Staub wird wie durch Zauberei zu kleinen rosa Wolken, die sich in der Luft auflösen … Ich hätte eigentlich die Absolution eines Marabouts auch dringend nötig. Ich habe mir ja schon einiges vorzuwerfen. Untreue, Ausschweifungen, Verantwortungslosigkeit, nicht gerade wenig Lügen plus die üblichen kleinen Abkürzungen, die man im Leben so nimmt, sexuelle Obsessionen, die man keinem erzählen darf, das ewige Schleifenlassen von allem und jedem und dann plötzlich die Flucht nach vorne … Wie alle eben, oder? Mein Herz ausschütten? Lange vor Freud, seiner Hypnose und seinem Koks, haben die Marabouts die Psychoanalyse erfunden. Sie sprechen unser Unterbewußtsein an, unsere Träume, unseren Glauben, unsere Gefühle und unsere Seele. Um Zugang zum Universum und den Ratschlägen des Sérigne Goré-tine zu haben, muß ich mich ihm nur unterwerfen. Es ist ganz einfach. Den Baay Fall mich anschließen, bunte Klamotten anziehen, die Haare zu Dreadlocks rollen und rot und violett färben, Milliarden Joints in der Form überpotenter Phalli aus reinem Ganja rauchen, Knüppel am Gürtel tragen, für meinen Marabout leben, an Markttagen betteln und die übrige Zeit damit verbringen, unendlich viele Psalmen zu singen, Bücher über den Koran zu schreiben und aus der Geschichte von Scheich Ibra Fall einen Roman entstehen lassen … Ich muß mal mit Pape darüber reden. Wie er knie auch ich auf einem Gebetsteppich. Ich schaue genau zu und mache ihm alles nach.

Ich sitze aufrecht, die Handflächen, dann die Handrükken auf den Oberschenkeln, halte das Haupt gesenkt und murmele Gebete.

Später nehmen wir eine menschlichere, etwas weniger spirituelle Sitzposition ein. Ich weiß ja nicht, wie all diese Alten es in dieser Yogastellung aushalten, ohne die geringsten Anzeichen von Ermüdung. Sérigne Goré-tine verfügt über eine Gelenkigkeit in der Wirbelsäule, den Muskeln und Sehnen, die mir völlig abgeht. Schlimm, schlimm. Ich brauche einen Stuhl mit Rükkenlehne, um mich wohl zu fühlen (die Sitzhaltung «Metro» außerhalb der Rush-hour mag ich am liebsten). Es ist für mich eine gymnastische Meisterleistung, es stundenlang halb ausgestreckt auf dem Boden oder auf den Knien (die schlimmste aller Positionen) auszuhalten. Dann tut mir alles weh, vor allem der Arsch. Ich kann dann meinen Körper nicht ins Gleichgewicht bringen, spüre tausend Nadelstiche in Händen und Füßen, und anstelle von Muskeln habe ich nur noch Nerven, die zittern vor Anspannung.

Pape übersetzt für mich aus dem Wolof. Der Marabout heißt mich in seinem Haus in M'backé herzlich willkommen, fragt mich nach meiner Familie in Frankreich (Onkel Émile und Tante Marie-Claude, sie ruhen in Frieden!) und segnet alle bis ins fünfte Glied. Er will wissen, ob ich Moslem bin. Ich weiß nicht, was Pape antwortet. Der Marabout dankt mir tausendfach für meinen Besuch, der eine große Ehre für ihn und sein Haus sei. Er sei fest davon überzeugt, daß Sérigne Touba da oben, im Paradies, immer in unserer Nähe sei und mein Vorhaben ganz besonders unterstütze. Das hoffe ich auch! Sérigne Goré-tine erzählt eine Episode aus dem Leben von Mame Bamba. Nach einem endlosen Monolog schließt er mit einer moralischen Wendung und unterstreicht seine Ausführungen noch mit einer Sure: «Ist ein Fremder im Haus, hat man Gott zu Besuch.» Deshalb sei die Gastfreundschaft heilig. Ich könne in seinem Haus bleiben und seine Dienste in Anspruch nehmen, solange ich wolle. Ich könne sogar die Entscheidung treffen, für immer hierzubleiben und mein Leben in M'backé zu verbringen, wenn das mein sehnlichster Wunsch sei. Danke.

Sérigne Goré-tine ist sehr neugierig und stellt mir viele Fragen. Ich antworte mit Hilfe meines Mediums, Pape. Was gibt es Neues in Frankreich, dem Land, in dem er vor dreißig Jahren eine Zeitlang gelebt hat? Werden die Senegalesen dort noch immer mit Respekt behandelt? Was hat es mit dieser Geschichte mit den Abschiebungen auf sich, von der er gehört hat? Haben die Weltkriege und die damit verbundenen Schwierigkeiten Franzosen und Senegalesen einander eigentlich nähergebracht? Wie läuft es in Paris? Schade, daß es dort so kalt und so grau ist. Die Conciergerie am Seineufer, dort kann man so schön in der Sonne sitzen im Sommer. Ist die Stadt immer noch so vollgestopft mit Autos? Es muß sich doch einiges verändert haben, oder? Aber die Franzosen sind ja doch sehr zivilisierte und wohl erzogene Leute.

«Nicht alle», lasse ich Pape antworten.

«Ich liebe Frankreich», sagt mir der Marabout – diesmal in meiner Muttersprache. In seiner Jugend konnte Sérigne Goré-tine Französisch. Seine Ernsthaftigkeit, seine schlichte, direkte und ironielose Art berühren mich zutiefst. Diese Höflichkeit will ich auch erwidern. Ich liebe den Senegal. Nichts ist wahrer als das. Sérigne Goré-tine sagt, ich solle ihm meine Hände zeigen. Er nimmt sie in die seinen und rattert eine ganze Menge Suren herunter, viel zu schnell, als daß Pape mir die Übersetzung mitliefern könnte. Das macht ihn verlegen, sein Ehrgeiz will es, daß er mir jedes einzelne Wort übersetzen kann und ich keine einzige Lektion des Marabouts verpasse. Aber ich brauche nicht alles zu verstehen. Es ist wie hebräisch oder chinesisch für mich, aber den Sinn und die Gefühle kann ich auch so begreifen.

Nach gut einer Stunde Zeremonie kommen wir endlich zu den sogenannten ernsten, weltlichen Dingen. Sérigne Goré-tine ist der große Marabout in M'backé und also allwissend. Er spricht über die wirtschaftliche Lage und das menschliche Zusammenleben hier. M'backé ist nicht Touba – Touba ist heilig! –, aber Scheich Ahmadou Bamba hat ihm hier ein Stück Land geschenkt, also ... «Es stimmt schon, es wird viel geschmuggelt in M'backé», gesteht der Marabout. Zum größten Teil liegt das an den neuen Import-Export-Niederlassungen, Unternehmen, die vom Absatzmarkt in Touba und von den niedrigen Kosten für Geschäftsgründungen und Konzessionen angezogen werden, die man in M'backé bezahlt. Außerdem sei es üblich, durch das System der offenen Hände gewisse Zollformalitäten zu umgehen. Die Handelsregister sind gefälscht, verrät uns der Marabout. Er selbst sei an einigen, allerdings ganz legalen und anerkannten Gesellschaften beteiligt, z. B. bei der *Souleymane Gueye Compagnie*, die sich auf den Druck und die Verteilung des Korans spezialisiert hat. «Die läuft gut», sagt er beiläufig.

Als Pape ihn nach einem gewissen El Hadj Malick M'backé M'baye fragt, nickt der Marabout. Ja, er habe den Namen schon gehört, wisse aber nicht, ob es sich dabei um einen Mann oder um ein Unternehmen handle. Auf jeden Fall sei El Hadj Malick M'backé M'baye kein Marabout, sonst würde er ihn kennen. El Hadj Malick

M'backé M'baye könnte auch eine hochangesehene Persönlichkeit sein, der Name läßt das vermuten. Sérigne Goré-tine versucht, ihm ein Gesicht zuzuordnen. Aber nein, dieser Name sagt ihm überhaupt nichts. Ein Schwindel also? Pape wagt nicht, dem Marabout diese Frage zu stellen, aus Angst, ihn vielleicht zu verärgern. Es ist aber auch gar nicht nötig, unser Verdacht hat sich schon bestätigt. Wenn Sérigne Goré-tine nicht weiß, um was es sich bei El Hadj Malick M'backé M'baye handelt, und er weiß nichts darüber, dann ist das nichts als ein langer, aufgeplusterter Deckname.

Auf dem gestampften Erdboden zeichnet Sérigne Goré-tine mit einem dünnen Stock das Gebiet auf, wo sich die Lagerhallen befinden. Mit dem Finger präzisiert er eine Stelle, drückt fest, dann zieht er einen Strich nach oben, ändert wieder die Richtung: Sein Plan nimmt allmählich Formen an. Auf der rechten Seite hat er einen Kompaß eingezeichnet. Der Marabout erklärt uns, wer wo arbeitet. Er spricht von Chefs und Unternehmen, die ihm bekannt sind, unter anderen von zwei libanesischen, die schon gegründet wurden, als vor 400 Jahren die ersten Portugiesen herkamen. «Der Scheich war noch nicht geboren», fügt er noch hinzu.

«Im äußersten Norden der Industriezone findet ihr ein neues Gebiet von Hallen und Lagerschuppen. Es wurde ganz schnell aus dem Boden gestampft, innerhalb von nur sechs Monaten. Dort scheint viel los zu sein», sagt er, mit Bedacht seine Zeichnung vollendend.

• • •

... Ich stürze mich als erster drauf. Die Säcke sind bedruckt mit den Buchstaben E. H. M. M. M., und klein darunter: El Hadj Malick M'backé M'baye.

El Hadj Malick M'backé M'baye! Endlich, wir haben gewonnen! Doch ein charakteristisches Klicken, gefolgt von einem schroffen Befehl, läßt uns erstarren.

«Hands up! You fuckin' assholes!»

Um uns herum mindestens zwanzig Typen, die ihre ganze automatische Artillerie direkt auf unsere Köpfe und Ärsche richten.

Na bravo! Wie unauffällig! Ich schaue Pape entsetzt an. Ich war mir so sicher, daß es klappt. Ich beiße die Zähne zusammen, daß ich mir schon vorher fast den Kiefer ruiniere. Ich verfluche mich innerlich. So eine verfickte Scheiße!

Hakim Job ist zwar fünfundzwanzig Jahre jünger als sein Vater, sieht aber genauso beschissen aus. Klein, fett, glupschäugig – mit mehr Glupsch links als rechts – und fetten Hängebacken, die ein schwabbelndes Eigenleben zu führen scheinen. Im Unterschied zur glatten Haut seines Vaters ist Hakims Gesicht mit Pickeln übersät, die er wohl mit seinen eigenen, dreckstarrenden Fingernägeln aufgekratzt hat. Sie sind knallrot und eitrig. Will man nichts beschönigen, muß man einfach sagen, er hat die Fresse eines widerlichen Arschfickers. Er schwitzt, stinkt nach Verbrechen und Hinterhältigkeit. In der rechten Hand zittert eine Knarre, in der linken ein Fleischermesser, und über seinem Gürtel beben die Fettreifen. Hakim steht kurz vor einem psychotischen Schub. Die Sicherungen fliegen ihm raus, er dreht sich im Kreis und bedroht brüllend seine Männer. Ich mache mir keine Illusionen. Gleich wird er auf uns zielen und uns mit verzerrter Fresse das Hirn wegpusten. Dann wird er uns die Eingeweide mit fünfundzwanzig Messerstichen zerfetzen. Mir wird ganz schlecht vor Angst. Ich lasse ein paar Angstfürze stinkend in meine weiße Tchaya knattern. Ich wage es nicht, Pape anzuschauen. Er bringt noch den Mut auf, wütend zu sein, denn ich höre ihn murmeln: «Komiker, alles Komiker ...»

Jetzt redet Abdul-Rauf auf Hakim ein, versucht ihn zu beruhigen, packt seine Hände und will ihm die Waffen wegnehmen, bevor es hier vier Tote gibt – mindestens. Hakim scheint direkt an eine Starkstromleitung angeschlossen zu sein. Er springt in die Luft und lacht wie ein Besessener. Er schreit (auf englisch): «Was soll diese Scheiße? Was soll diese große, große Scheiße?» und zeigt direkt auf uns. «Ich hasse das, wenn es scheiße läuft, diese ganze Scheiße macht mich krank.» Er tut so, als ob er scheißen und kotzen würde. «Solche Scheißer machen mich wahnsinnig. Was haben diese Idioten hier zu suchen?» Er schäumt wie ein Stier. Einfach gräßlich, wie ähnlich er seinem Vater ist! Abdul-Rauf, eine Art pokkennarbige Nebenrolle mit einer nicht minder beschissenen Visage, erklärt ihm in aller Ruhe, wie man uns ohne großen Aufwand loswerden und unsere Körper zusammen mit den beiden anderen verschwinden lassen kann. Er versucht, ihn zur Vernunft zu bringen, indem er die Vorteile von Säure, von Bleichlauge und Beton beschreibt, aber Hakim hört nicht auf ihn, er brüllt ins Leere, packt einen seiner Schergen und verspricht ihm die übelsten seelischen und körperlichen Qualen. Der Mann steht stramm. Hakim dreht sich zu Abdul-Rauf, besessen davon, seine Autorität zu beweisen. Aber Abdul-Rauf tut so, als ob er nichts hört und sieht. Er reagiert nicht. Sein einziges Ziel: ein gräßliches Massaker vermeiden. Ich sollte ihm dankbar sein. Hakim zieht seine Show durch, läßt weder die Knarre los, noch das Messer, das er herumwirbelt wie ein dreijähriges Kind sein Spielzeug. Dabei versucht er, Abdul-Rauf zu provozieren, indem er ihm unterstellt, er sei doch sowieso schwul, bis Abdul-Rauf doch noch explodiert, und die beiden sich anbrüllen wie in einem schlechten Ehekrach. Ich frage mich, wie lange das noch so weitergeht. Die dramatische Situation läßt mich für einige Augenblicke meinen bevorstehenden Tod vergessen. Pape wiederholt dauernd: «Komiker! Alles Komiker!» Er würde jetzt Hakim Job und auch Abdul-Rauf gern den Hals umdrehen. Er bedauert zutiefst, die Rechnung nicht schon mit Hakim Jobs Vater beglichen zu haben. Ich bin voller Bewunderung für Pape. In einer Situation, wo alle Uzis nur darauf warten, einen in blutige Fetzen zu reißen, kann man immer noch träumen. Und das tut gut, man denkt an etwas anderes als an den Tod.

Letzter Akt. Abdul-Rauf überredet Hakim aufzugeben. Er wirft Hakims Messer weit weg und nimmt die Knarre an sich. Er läßt die Patronen auf den Boden fallen und gibt ihm die Waffe mit Psychologenblick zurück. Uff! Endlich. Wir sind immer noch am Leben, es war ganz schön knapp. Ich bin zuversichtlich. Aber schon wieder weniger, als ich Abdul-Rauf wie ein Henker auf Speed auf uns zukommen sehe. Ich kann die kleinen Karieszähne in seinem Scheißlachen erkennen. Zu meiner Freude holt er nur mit aller Kraft aus, zielt und haut mir mit voller Wucht in die Fresse.

Vorhang. Pause.

13

ES KOTZT MICH ECHT AN, mir ständig die Visage einschlagen zu lassen. Man hat mir ein starkes Hanfseil um den Hals geschlungen, eine Schlinge, die an einem Ring in der Wand festgebunden ist. Ich bin an einem massiven Eisenstuhl festgebunden, der umgefallen auf dem Boden liegt. Ich komme langsam wieder zu mir, aber es ist schmerzhaft. Reflexhaft versuche ich aufzustehen – mit meinem Stuhl –, falle aber gleich wieder um. Ich habe unvorstellbare Kopfschmerzen, absolut überall im ganzen Schädel. Ich sehe Sterne. Sterne, die brummen, quietschen und kreischen, ein Hardcore-Konzert in meinem Kopf veranstalten. Das ist jetzt wirklich zuviel für mein leidgeprüftes, übel malträtiertes Hirn. Auf einem Auge sehe ich dreifach, auf dem anderen doppelt. Ich spüre gewisse Teile meines Gesichts kaum noch, meinen Mund gar nicht mehr, ich könnte nicht sagen, ob mir überhaupt noch ein paar Vorderzähne bleiben. Meine Bartstoppeln sind mit Staub und geronnenem Blut verklebt. Mit meinem Blut. Der Schweiß, der meine Wangen hinunterrinnt, verdünnt das Ganze etwas. Ich habe einen trockenen Mund, und meine Unterhose ist naß, weil ich mich vollgepißt habe, ohne es zu merken. Ich kann nicht mehr und pisse einfach noch mal. Es herrscht eine beachtliche Luftfeuchtigkeit in dieser Zelle – ist es ein Keller? –, in die man uns gesteckt hat. Ich habe das scheußliche Gefühl, in einer Sauna zu liegen, die volle Pulle heizt, weil der Thermostat kaputt ist.

Pape geht es etwas besser als mir, wenn man da überhaupt einen Vergleich ziehen darf. Nachdem Abdul-Rauf seine Angst und seine angestaute Aggression an mir abgelassen hatte, hat er sich bei Pape damit zufrieden, gegeben, ihm den Gewehrkolben gegen die Schläfe zu knallen. Pape hat bestimmt einen großen blauen Fleck und eine Beule, aber er hat immerhin nur *einen* Schlag ins Gesicht abbekommen. Ich dagegen, so fühlt es sich zumindest an, habe wegen der Prügel von diesem Wahnsinnigen dreiviertel meines Gesichts eingebüßt.

Was allerdings viel interessanter ist als unser Gesundheitszustand – wir leben immerhin noch – ist die Tatsache, daß wir in einer Ecke zwei Typen entdecken, die ebenfalls in einem verdammt üblen Zustand sind: Laurent Mamadi und Phil-I-Jay.

Wir machen uns bekannt. Für diese Begegnung hätte man sich vielleicht etwas nettere Umstände und eine freundlichere Umgebung gewünscht, aber...

«Ich weiß schon gar nicht mehr, wie viele Wochen wir euch schon suchen und hinter euch herreisen durch den ganzen Senegal», sagt Pape. Das Sprechen kostet ihn Mühe.

«Jetzt habt ihr uns ja gefunden», antwortet der, der sich als Laurent Mamadi vorstellt. «Wir sind alle ganz schön weit rumgekommen», fügt er noch ganz philosphisch hinzu.

Phil-I-Jay und Laurent Mamadi sehen besser aus als wir. Ihre letzten Prügel liegen länger zurück, man sieht nur noch Narben.

«Wie kommen wir aus dieser Scheiße bloß wieder raus?» fragt Phil-I-Jay.

Gute Frage. Nächste Frage.

Kaum haben wir unsere Hirne wieder halbwegs in Schwung, um ein paar Hypothesen aufzustellen und um zu verstehen, was vor sich geht; kaum entwickeln wir vage Vorstellungen von Flucht, da erweist uns Hakim Job die Ehre.

Mit klassisch unheilvollem Schlüsselgerassel öffnet sich unsere Gefängnistür. Wir sind alle gut gefesselt, vor allem ich. Auf meinem halb umgestürzten Stuhl befinde ich mich geradezu in einer tragikomischen Lage. Hakim hat drei überbewaffnete Kanonenträger dabei. Sie lachen alle auf die gleiche dumme Art. Hakim, das Monster aus einem billigen Horrorstreifen, hat seinen Plan geändert. Vor ein paar Stunden hat es ihn noch wahnsinnig gemacht, daß wir uns in seine Geschäfte einmischen, jetzt scheint er mit seinem Fang ganz glücklich zu sein, denn er benimmt sich zuckersüß. Er rühmt sich, so geschickt im Fallenstellen zu sein und einen so intelligenten, klarsichtigen Verstand und so viel Entschlußkraft zu besitzen. Selbstgefällig nimmt er Chuck Norris, Bruce Lee und Jean-Claude van Damme zum Vergleich … Fehlt noch, daß dieser Fettwanst uns seine Karate- und Kung-Fu-Kenntnisse demonstriert. Hakim vergleicht sich mit allen großen B-Movie-Helden aus Hollywood und wirft uns dabei ab und zu einen mitleidigen Blick zu. Jetzt würde er uns nicht mehr hysterisch die Eingeweide rausreißen, sondern auf kleiner Flamme rösten. Er redet uns respektvoll mit Mister an. Der Zirkus dauert jetzt schon gut eine Viertelstunde, und die Wächter haben nicht eine Sekunde ihr höhnisches Grinsen abgesetzt. Das ist alles sehr beunruhigend. Noch mehr, als Hakim verkündet, er werde jetzt gehen, sich umdreht, seinen schweißtriefenden Fettleib in Bewegung setzt, und – den Todesglupsch im linken Auge – sich am Ende mit dem Daumen quer über die Gurgel fährt: Willkommen im Reich der Toten.

«Sie sind abgezogen, Scheiße! Hab schon gedacht, es ist vorbei. Wann sie wohl zur endgültigen Exekution antreten?» fragt Phil-I-Jay.

«Wann immer», sagt Mamadi ganz fatalistisch. «Zu zweit könnten sie uns noch irgendwohin schleppen, wir hätten ihnen als Geiseln noch irgendwie nützlich sein können … Aber vier sind zuviel, sie werden uns ganz sicher allemachen.» Und kreidebleich fügt er hinzu: «Sicher ein seltsames Gefühl, wenn sie uns die Kehle aufschlitzen.»

«Vielleicht bringen sie nur zwei von uns um», wirft Phil-I-Jay ein, vielleicht hat er ja wenigstens eine statistische Chance, seine Haut zu retten.

«Aber meine Herren, ich bitte Sie, nach Ihnen!» sage ich zu den zwei Rappern.

Mein Witz kommt nicht so gut an. Um ehrlich zu sein, uns ist allen schlecht vor Angst, und eine düstere Stimmung hängt über unserem Verlies. Bei jedem Geräusch auf dem Flur schrecken wir zusammen. Ich würde Mamadi und Phil-I-Jay gerne ausfragen, mir die ganze Geschichte erzählen lassen, um endlich ein paar Zusammenhänge zu begreifen! Wer ist wer, und vor allem, wer ist der mysteriöse El Hadj Malick M'backé M'baye? Was wird in diesem Schuppen gelagert, und was hat es mit dieser idiotischen Leidenschaft für Fleischermesser auf sich? Wieso wurden Clovis Mendy und Moustapha Koné ermordet ...? Aber es ist wohl nicht der richtige Augenblick. Mamadi und Phil-I-Jay sind erschöpft und nicht in der Verfassung, lange Erklärungen abzugeben. Sie sind nervlich völlig am Ende. Ihr Martyrium dauert schon zu lange. Ich verstehe sie. Ist mir eigentlich auch scheißegal, da sie uns sowieso allen die Kehle aufschlitzen ... Sterbe ich halt ein bißchen dümmer, macht auch keinen großen Unterschied.

Eilige Schritte auf dem Gang. Schlüsselgeklapper. Es dauert relativ lange, bis das Schloß aufgeht. Einen kurzen Moment glaube ich wirklich an Schwierigkeiten mit den Schlüsseln. Sind wir durch Zufall vielleicht eingeschlossen? Opfer einer technischen Panne im letzten Augenblick? Das wäre unfaßbar! Nein, das Schloß gibt nach und springt auf. Nackte Angst überkommt mich. Ich weiß nicht, soll ich die Augen schließen, soll ich sie offen lassen? Soll ich weinen oder um Gnade flehen? Pape und ich, wir schauen uns nicht mehr an. Adieu. Ich denke an nichts außer an meine eigene Haut. Laurent Mamadi und Phil-I-Jay winden sich vor Angst. Vor fünf Minuten waren sie noch so cool, jetzt ist alles weg. Der Gestank von Dünnpfiff breitet sich im Keller aus.

Die Tür geht auf, ich will nichts sehen und nichts hören, ich kneife die Augen zusammen, ich will schreien. Da höre ich Papes Stimme neben mir:

«Khady! Astou!»

Was? Ich öffne die Augen:

«Die Schwestern!»

Sie stürzen in die Zelle, um uns zu befreien. Die Schwestern? Wie? Was? … Astou bindet mich los und erzählt ganz aufgeregt:

«Als ihr nicht wieder rausgekommen seid, hat Ali dem Pferd die Peitsche gegeben und ist zu uns gerast. Er weiß, daß ihr bei uns wohnt – hier weiß jeder alles. Ali wollte sich überhaupt nicht beruhigen, war richtig in Panik. Er hat gesagt, ihr seid in eine üble Geschichte geraten. Der Arme war ganz fertig …»

Khady macht Mamadi los, dann kümmert sie sich um Pape, und Astou löst Phil-I-Jays letzte Fesseln. Dann nimmt sie mich ein paar Sekunden in die Arme, ihr Herz schlägt ganz wild. Das tut gut und gibt mir wieder Kraft.

«Und dann?»

«Wir haben uns wahnsinnig beeilt», erzählt sie weiter. «Und weil diese Idioten glauben, ihre Schlösser und Ketten seien absolut sicher, haben sie keine einzige Wache in diesem Teil des Gebäudes aufgestellt», sagt sie und wirft einen Satz Dietriche auf den Boden.

«Paßt bloß auf», sage ich. «Das letzte Mal dachten wir auch, wir können sie ficken, dann haben sie uns gefickt.»

Aber sie hören gar nicht auf mich.

«Könnt ihr laufen?» fragt Astou.

«Wird schon gehen», antworten wir im Chor, beißen die Zähne zusammen und stöhnen vor Schmerz.

«Los jetzt!» flüstert Khady.

Wir durchqueren die Zone, von Gebäude zu Gebäude, ohne jemanden zu sehen.

Einfach so kann ich aber nicht verschwinden.

«Ich will wissen, was in den Schuppen ist», sage ich mit letzter Willenskraft.

«Nein, jetzt nicht», bestimmt Khady.

Wir rennen, so schnell es geht, auf unser Gespann, unsere Rettung zu. Trotz meiner Schwäche reiße ich mich von Astou los, schleppe mich Richtung Lagerhalle. Nach nicht mal zwanzig Metern halte ich an. Eine große, schwarze, stinkende Rauchwolke steigt aus dem Schuppen auf, breitet sich aus ... Flammen steigen auf, die alles verschlingen.

Jetzt kann ich nichts mehr machen. Ausgeschlossen, sich dem Feuer zu nähern.

Mit trübem Blick und zerrissenen Klamotten humpele ich meinen Freunden hinterher. Unter größten Schwierigkeiten klettern wir auf den Pferdewagen, beißen vor Schmerz die Zähne zusammen. Ali gibt Momo, seinem Pferd, die Peitsche, daß es sich aufbäumt. Astou, Khadi, Phil-I-Jay, Mamadi, Pape und ich und natürlich auch Ali ... sieben Leute zu ziehen ist nicht ganz leicht für das Pferd. Aber Momo spannt alle Muskeln seines wackeren Pferdekörpers an, um den Karren in Bewegung zu setzen. Bravo, Momo! Der Wagen schaukelt, bleibt wieder stehen, springt ruckartig vor und bekommt schließlich ein wenig Schwung. Los! Vorwärts, Momo! Im Galopp!

Pape sieht sich um.

«Da sind sie! Da sind sie! Direkt hinter uns!» schreit er. «In dem Toyota!»

Entsetzt schaue ich über Papes Schulter nach hinten und erkenne dieses Schwein von Hakim Job hinter der Windschutzscheibe des Toyota und Abdul-Rauf, der am Steuer sitzt. Die beiden sehen aus wie wildgewordene Kampfhunde, ihre Visagen sind von wahnsinnigem Grinsen und abscheulichen Zuckungen entstellt, zerfressen von Haß und dem Wunsch zu töten. Speichel läuft ihnen übers Kinn. Ein paar von ihren Männern sitzen hinten, die Gewehrläufe ragen aus den Fenstern, aber ich weiß, daß sie nicht auf uns schießen werden, damit nicht die gesamte Bevölkerung von hier bis Touba auf sie aufmerksam wird. Nein, sie werden uns schlicht und einfach zerquetschen. Denkt euch nur, ein Toyota-Allrad gegen unser kleines Holzwägelchen! Ein Pferd, das völlig außer Atem ist, gegen die achtzig, die im Herzen des japanischen Motors schlagen! Ali kann seinen Gaul noch so sehr antreiben ... es ist vergebens. Momo legt die Ohren an, senkt den Kopf und entzieht sich der Peitsche ... Wir werden es nicht schaffen. Schwacher Trost: Wir haben alles versucht. Immerhin.

Diese Arschlöcher! Sie sind nur noch fünfzig Meter hinter uns, sie rasen direkt auf uns zu, sie werden uns dem Erdboden gleichmachen, über uns hinwegwalzen. Und danach können sie uns buchstäblich den Gnadenschuß verpassen.

«Sie kommen näher! Sie kommen näher!»

Astou hat Angst. Bisher hat Astou noch nie Angst gehabt.

• • •

Sie sind alle gleichzeitig angekommen! Im selben Augenblick! An der Kreuzung zweier großer Sandpisten. Die perfekte Improvisation. Mit Holzstämmen haben sie in einem Affenzahn eine Sperre errichtet, mit Lichtgeschwindigkeit, mit hundert Armen im Gleichtakt, wie ein Wunder, in das sich der Allrad-Toyota geradewegs hineingebohrt hat. Er hat sich überschlagen, über das Hindernis hinweg, und seine sechs schweren Tonnen haben ihn in einen ranzigen Crêpe verwandelt, garniert mit den geschredderten Bruchstücken glänzender Blechteile. In einer dreifachen, blendend hellen Explosion hat der Allrad-Japaner Feuer gefangen und sich in alle Richtungen zerstreut.

Die fünfzig Talibés von Sérigne Goré-tine, die bei der vom Marabout geleiteten Aktion geholfen haben, heben alle gleichzeitig ihre Stöcke in die Höhe und stoßen, wie aus einer Brust, einen großen Siegesschrei aus. Im kleinen Karren die große Befreiung. Wir fallen uns in die Arme, Tränen, Freudengeheul, wir werden die Mädchen lieben – gleich hier auf der Wiese. Laurent Mamadi und Phil-I-Jay singen ihre größten Hits. Ganz ehrlich, die hatten schon nicht mehr dran geglaubt.

Nun kommt die Angst, was jetzt weiter zu tun sei. Aber es gibt nichts zu tun. Hakim Job, Abdul-Rauf und Konsorten sind alle hübsch tot, alle von ihrer eigenen Karre zu Hundefutter verarbeitet und durch die Explosion noch mal kurz aufgekocht.

Ich staune.

«Aber die Talibés? Sérigne Goré-tine? Wie haben sie davon wissen können?»

«Haltet ihr uns eigentlich für blöd?» fragt Khady. «Wir haben allen erzählt, was passieren könnte. Das ganze Viertel war auf den Beinen, und die Talibés standen bereit.»

«Ich glaube wirklich, uns *konnte* gar nichts passieren», fügt Astou noch hinzu.

Die beiden Mädchen sind nicht wenig stolz darauf, sich so gut abgesichert zu haben.

Jetzt lachen wir alle, o ja, und ich sage euch, das kann verdammt schön sein, so zu lachen.

Erst mal werden wir uns bei Sérigne Goré-tine waschen und ausruhen.

Das glaubt ihr mir nie.

Carambars! Ja, Bonbons, Carambars sind in den großen Paketen, auf denen E.H.M.M.M. steht: El Hadj Malick M'backé M'baye. Die Talibés des Sérigne Goré-tine haben sie, bis auf den letzten Sack, alle mitgenommen, bevor sie den Laden abfackelten, und zu ihrem Marabout geschafft. Carambars! Diese kleinen Schleckereien mit Karamel- (klassisch) oder Colageschmack oder auch Frucht, Carambars eben, die hier fünf Francs kosten und zu Hause fünfzig Centimes. Carambars, meine ganze Kindheit – mein ganzes Taschengeld habe ich dafür ausgegeben. Mit Cheryl damals, bei dem Laden gegenüber vom Schulhof der École Saint-Bernard. Carambars, die für ihre drollig-blöden Geschichten auf der Innenseite des Papiers berühmt sind. Aber das hier finde ich überhaupt nicht witzig. Der ganze Ärger für ein paar Bonbons? All die Prügel, all die unzähligen Stunden, die wir unterwegs waren, all die Idioten, die uns auf bösartigste Weise aufhalten wollten, und all die Prüfungen, die mich irgendwie fast an ein Initiationsritual erinnern ... Für Carambars! Warum zum Teufel Carambars? Ich verstehe die Welt nicht mehr. Was haben diese verfickten Carambars mit den Morden an Moustapha Koné und Clovis Mendy zu tun? Und Hakim Job ... ich sehe da überhaupt keine Verbindung. Wir sind völlig niedergeschlagen, wie nach einem trotz aller Mühen verlorenen Spiel. Aus reiner Verzweiflung fangen wir an, ein paar Carambars auszuwickeln. Und erleben eine Überraschung.

Dieses Abenteuer ist wie eine russische Babuschka, in jeder Puppe ist wieder eine. Im Carambarpapier finden wir keine gefärbten, aus Tierknochen hergestellten zuckrigen Gelatinebonbons, nicht diese kleine kompakte Masse in Stangenform, die einem sofort an den Zahnschmelz geht, sondern: ganz eng zusammengerollte Dollarnoten. Ja, Dollars, und zwar in allen Carambars, und jeder dieser Talibés, der mit einem schnellen Ziehen an den beiden zusammengedrehten Enden ein Carambar öffnet, wird dieses Wunder bestätigen können. Unglaublich! Sobald die Dollars aus ihrer phantasievollen Schale heraus sind, springen sie auseinander und bilden zwar leicht gewellte, weil sie so lange eingerollt waren, aber doch schwere, fette und elastische Bündel – genau wie im Kino. Es ist das Wunder der Häutung, die Hände zittern, Schreie erklingen, «Ah» und «Oh» hört man überall zur Untermalung dieses Glücksspiels, bei dem es keine Verlierer gibt. Dollars! Zehn- oder Hunderttausende! Wieviel genau? Eine Million vielleicht. Vielleicht auch zwei oder noch mehr. Muß man jeden einzelnen Schein zählen? Echte Dollars, in gebrauchten Noten zu fünf, zehn, zwanzig und fünfzig! Keine falschen, keine heißen, keine Blüten und keine präparierten, nein, gute Dollars, frische, raschelnde Scheine. Grünes Papier. Mal was anderes als der senegalesische CFA-Franc oder die gambischen Dalasis. Das Geld von Onkel Sam. Diese teuflische Währung, die die Sonne scheinen läßt, aber noch häufiger den Himmel verdunkelt. Säcke voller Carambar-Dollars stapeln sich im Haus des Marabouts, im Hof. Das große Zimmer, sein Büro-Salon, ist übervoll davon. Selbst Sérigne Goré-tine packt ein paar Carambars aus. Die Säcke sind zum Platzen voll, die Dollars, von unseren entzückten Fingern eilig aus ihrer klebrigen Gefangenschaft befreit, vermischen sich mit den Bonbonpapierchen und ergießen sich wie aus einem geplatzten Abwasserrohr über das Kanapee … wie eine plötzliche große Welle, die das Haus überschwemmt.

Die zahlreichen Bilder von Scheich Ahmadou Bamba grinsen düster von den Wänden.

Schotter, echte Ami-Kohle, das Schlimmste, was es gibt, das Zeug, das glaubt, den ganzen Planeten zu beherrschen, das die Erde ausbeutet, das Werkzeug des Kapitalismus, der zu Papier gewordene Imperialismus. Die stolzen Porträts von Jackson, Hamilton, Lincoln und auf der Rückseite das Weiße Haus, die US-Notenbank, das Lincoln Memorial, das Grab von George Washington. Kein Indianer, kein Schwarzer, kein Latino. Diese scheußlichen Dollars, die uns so unverhofft zugefallen sind wie himmlisches Manna. Wir trampeln darauf herum, hüpfen über leere Säcke, stürzen zu Boden, rutschen und rollen in Bonbonpapier, in Dollars herum. Das ist das Verrückteste, was wir je erlebt haben!

Habt ihr euch jemals die Frage gestellt, wie tief man in der Scheiße sitzen kann mit einem Schatz vor den Füßen? Nein, was? Aber das ist genau die Situation, in der wir uns jetzt befinden. Man braucht sich nur zu bücken und sich laut kreischend die Taschen vollzustopfen, doch …

Laurent Mamadi hat plötzlich genug.

«So ein Dreck. Alles … wegen Geld! Immer und überall geht es nur um Geld! Ich könnte kotzen, kotzen, kotzen!»

Phil-I-Jay setzt hinzu:

«Die hätten uns beinahe die Haut über die Ohren gezogen. Nur wegen ein paar lausiger Dollars!»

Ich sehe das etwas pragmatischer: «Und was machen wir jetzt mit dem Zeug?»

Pape macht einen ganz praktischen Vorschlag: «Wir teilen es einfach auf, am besten sofort.»

Pape hat recht. Es ist das Beste, was wir tun können. Es widerspricht ihm auch keiner. Wir tun, was er uns sagt.

Wir gehen geplant vor, wickeln die letzten Dollars mit erwachsenem Ernst aus den gelben Papierchen. Sérigne Goré-tine, Laurent Mamadi, Phil-I-Jay, Astou, Khady, Ali, Pape, ein paar Talibés, die noch geblieben sind, um uns zu helfen, und ich. Die Mädchen rutschen auf den Knien über den Boden, lautlos und konzentriert, und sammeln die Scheine auf. Pape und ich stapeln sie gewissenhaft zu kleinen Türmen. Die anderen sortieren, prüfen, zählen, streichen glatt, machen kleine Päckchen, schnüren sie zusammen und verpacken sie. Zwei Talibés sind mit Aufräumen beschäftigt. Sie sammeln die leeren Bonbonpapierchen ein und stopfen sie in Säcke. In seiner bewährten Technik, mit dem Stock auf den Boden, schreibt der Marabout alles auf. Er multipliziert murmelnd, addiert laut. Ein kleiner Windstoß, und Dollars fliegen durch die Luft, wirbeln durch den Gang, bleiben an den Außenmauern hängen. Momo sieht lustig aus mit einer Zwanzig-Dollar-Note an den Nüstern.

Alle Anteile sind gleich groß. Ich finde es sehr gut, daß alle, Sérigne Goré-tine, seine Talibés, die Mädchen, Ali und sein Pferd, Laurent Mamadi und Phil-I-Jay, die armen Geiseln, die drei Wochen lang gequält worden waren, großzügig ausbezahlt werden. Die einen für ihre Solidarität und ihre Kühnheit, die anderen für ihre Ausdauer und ihren Mut. Alle werden sie etwas mit dem Geld anzufangen wissen.

Scheich Ahmadou Bamba beobachtet uns alle, ohne sich zu verstecken, nein, er ist da, überall, er hängt an allen Wänden im Salon des Marabouts. Er sieht uns zu, und es scheint ihn zu amüsieren. Sérigne Touba versichert uns seines Wohlwollens und garantiert uns Sicherheit. Er ist mit Papes Plan völlig einverstanden. Er hätte denselben Gedanken gehabt, dasselbe getan. Jaja, das Geld gehört uns. Völlig legitim, Gottes Wille.

Pape und ich bekommen 25 435 Dollar Cash. Dazu die 5000, die sich jeder von uns bei Mohammed Job verdient hat, nicht schlecht. Zumindest kann man eine Weile sorglos davon leben. Ich zum Beispiel würde ganz gerne mal Ferien machen, also echte Ferien ohne Abstecher in die Hölle, ohne totale Übermüdung oder unkalkulierte Risiken und natürlich ohne daß einem irgendwelche Wahnsinnigen an den Hacken kleben ... Ferien am Meer, ein weißer Strand, ein eisgekühltes Bier in Reichweite, vielleicht noch ein leckerer kleiner Joint aus der Region. Ferien ... darüber kann man später nachdenken. Im Moment ist es erst mal wichtig, nach Dakar zu kommen. Phil-I-Jay hat eine Fleischwunde an der Wade, die entzündet ist und das ganze Bein zu vergiften droht. Wäre doch blöd, wenn man es amputieren müßte, wenn man, wegen der primitiven Mittel hier, per Los bestimmen müßte, wer das Skalpell erhitzt und wer ihm den Alkohol einflößt, um ihn zu betäuben ... Lieber nicht. Papes Schädel ist noch immer sehr geschwollen und verfärbt sich langsam dunkelviolett. Er klagt über sehr starke, anhaltende Kopfschmerzen, die ihn ernsthaft beunruhigen. Ich habe mindestens drei Brüche, ganz sicher einen am Kiefer. Ich werde mich mit dem Strohhalm ernähren müssen, bis der Brei mir, wie man so schön sagt, zum Halse heraushängt. Wir sind am Ende unserer Kräfte. Wir haben uns überschätzt. Um tausend Prozent. Unser miserabler Zustand läßt wenig Freude über unseren Sieg aufkommen. Ich spüre zwar einen ganzen Vorrat an guter Laune in mir, aber die Schmerzen lassen nichts davon raus. Wir haben Stöcke aufgetrieben, die wir als Krücken benützen, aber es ist ein übles Bild, das wir bieten. Wir sind alle irgendwie an den Beinen verwundet. Phil-I-Jay wird ohnmächtig und fällt zu Boden. Auf die Ohrfeigen von Pape reagiert er überhaupt nicht mehr. Wir probieren eine Reanimation. Sérigne Goré-tine bemüht sein ganzes Wissen und holt ihn tatsächlich aus dem Koma, warnt uns aber und sagt, das nächste Mal wäre es mit Sicherheit zu spät. Nur den Mädchen geht es bestens. Sie sind in Hochform und kümmern sich um alles. Astou und Khady führen den Zug an, keß, gut gekleidet, frisch frisiert.

«Sieh dir das an, Pape! Was für stolze und schöne Frauen», sage ich mit schmerzverzerrtem Gesicht.

Aber gestern zu nervös und ängstlich, heute zu müde und geschunden, ist Pape schon wieder nicht gewillt, über seine Hochzeit zu reden. Komisch, er verstummt jedesmal, wenn ich das Thema anschneide. Jetzt bin ich bald beleidigt.

Ali hat sich uns netterweise weiterhin zur Verfügung gestellt. Sein Wagen leistet hervorragende Dienste, selbst wenn wir ab und zu nebenherlaufen müssen. Bei der zünftigen Feier unseres gemeinsamen Sieges hat Momo sich wohl ein bißchen mit dem Hafer übernommen. Er torkelt mehr oder weniger vor uns her.

Unsere Zwischenstation ist Touba, aber wir bleiben nur eine knappe halbe Stunde bei den beiden Schwestern. Wir verlieren Blut. Sie haben uns ein Sammeltaxi gerufen, das uns direkt hier abholen wird. Wir nehmen es exklusiv, so können wir uns auf der Fahrt ausstrecken. Das Taxi ist ein alter Krankenwagen, ein 504-Allrad-Kombi, was den Schwächeren von uns natürlich sehr zugute kommt. Unsere Mädchen haben es tatsächlich geschafft, einen Wagen zu organisieren, dessen Stoßdämpfer noch nicht völlig am Arsch sind. Und auch der Fahrer macht einen vernünftigen und erfahrenen Eindruck. Kein Rasta. Seit ein paar Tagen schon hat Pape weder gebetet noch Tee getrunken. Mit dem Beten wäre es auch ein bißchen schwierig, weil er sich weder bücken noch aufrichten kann. Er verlangt nach einer Gebetskette. Um den Tee kümmern sich Khady und Astou. Sie kochen uns drei anregende Runden, um unsere Genesung anzuschieben. Wir fühlen uns sofort besser, trotz unserer zahlreichen Blessuren.

Wir verabschieden uns. Es ist vorbei. Wir sagen Khady und Astou, sie sollen Matar Faye in der Bibliothek Cheikhoul Khadim von uns grüßen und ihm danken. Die beiden Schwestern, die schönsten unter den Schönen dieser Erde, sind ganz traurig – so wie wir. Es ist die Traurigkeit von Frauen, nicht die von Abenteuerinnen oder Kämpferinnen. Sie sagen nichts, sie lächeln nur. Astou streicht mir zärtlich über die Wange. Sie schenken uns ihre Sinnlichkeit, bis zum Schluß.

14

DAKAR RAP

«ICH GLAUBE, DU HAST MICH ein bißchen angelogen. In deiner Geschichte geht es gar nicht so sehr um Liebe und Sex», beklagt sich Mama, die nur wütend tut, aber auch tatsächlich ein bißchen enttäuscht ist.

Sie hat recht, zu meiner Schande und ganz heimlich muß ich zugeben, daß ich die Details jener körperlichen, wollüstigen Begegnung mit Khady und Astou, den beiden angebeteten Schwestern, Mama gegenüber weggelassen habe. Ich bete auch Mama an. Das könnte ein Problem sein. Ist es aber nicht.

Mama stellt weiter Fragen, auch wenn meine Geschichte sie nicht sehr überzeugt hat.

«Eine Sache habe ich nicht verstanden», sagt sie. «Das ganze Geld, wo kommt das her? Wieso ist das auf einmal da? Und die Toten?»

«Du bist ja ganz schön neugierig», unterbricht sie Pape. Im *Miami Night* sind die roten Spots wieder an, das Leben, das Lachen ist zurückgekehrt, alle amüsieren sich bestens, unbeschwert, ohne schlechtes Gewissen, frei und bereit, von vorne anzufangen, um zu beweisen, daß die richtige Einstellung doch wert ist, verteidigt zu werden. Ibra Kassé ruht in Frieden, es tut gut, das zu wissen.

Von allen Seiten kommen Leute, um uns zu unserem Sieg zu gratulieren, zum erfolgreichen Abschluß unserer Mission.

Ich trage den Arm in einer Schlinge und eine Art Gips vom Ellbogen bis zum Handgelenk. Pape hat den Kopf vollständig eingewickelt. Wir bemühen uns, bescheiden zu bleiben, und genießen doch sehr den Dank und die Aufmerksamkeiten von allen, Streicheleinheiten fürs Ego.

«Du hast meine Frage noch nicht beantwortet», sagt Mama.

«Muß ich das denn?» So schnell gebe ich mich nicht geschlagen.

«Du bist nicht meine Katze, und ich bin nicht deine Maus», sagt sie lachend.

«Das Spiel würde ich aber gerne mal mit dir spielen, *Chérie*. Ich würde dich in die Ecke treiben, dich packen und...»

Ich lache.

Ich würde am liebsten ein ganzes Faß Flag bestellen, aber das Zeug gibt's nur in Flaschen. Schade eigentlich. Also kippe ich mir Whisky ins Bier, und dann, heißa!, genehmige ich mir auch noch ein Fläschchen Gazelle. Ich habe Durst, mein linker Arm ist noch in der Lage, einzuschenken und das Glas an die Lippen zu führen, und so trinke ich ein Glas nach dem anderen. Immer Bier mit was drin. Ich bin ziemlich besoffen, aber das ist schon okay, mir merkt man nichts an. Mein Schicksal ist das schöne Leben! Ich beklage mich nicht.

Wenn Mama nur hübsch wäre, aber sie ist auch verdammt sexy und verführerisch, verhext mich mit ihren großen Augen, den langen Wimpern, ihrem Lächeln, an dem ich mich gar nicht sattsehen kann. Ich begehre sie. Aber mit meinem geschienten Arm, den geklebten Zähnen und dem zusammengenähten Zahnfleisch, mit all den Fäden (von hoher Qualität dieses Mal), die in mir stecken, und den drei verschobenen Rippen, da bin ich schlicht behindert. Sobald ich ausgestreckt bin – und dahin zu kommen, ist schon alles andere als leicht –, ist an Bewegung nicht mehr zu denken, geschweige denn ans Umdrehen. Bis zum nächsten Morgen, und dann kann ich nicht mal allein aufstehen. Tja, und der Sex … Ich kann nichts dafür, Mama, das ist einfach Schicksal! Es sei denn …

Pape fragt sich sicher, ob ich der jungen Frau alles erzählen werde. Ich muß mich ihr gegenüber nicht mehr beweisen, muß auch nichts mehr verbergen. Auf dem Weg zurück, mehr tot als lebendig, ging es natürlich nicht um Sex, sondern nur noch um das, was Mamadi und Phil-I-Jay erzählten, wie es für sie war, und in welcher fetten Sache Hakim die Finger hatte. Sie kannten die Wahrheit über E.H.M.M.M., über Earth and Ocean. Sie wußten alles. Ich werde es Mama erzählen, wie ich es sowieso jedem erzählen werde. Mamadi und Phil-I-Jay haben es sicher auch schon überall rumposaunt. Und Pape. Der Familie, den Freunden, den Nachbarn, Coumba natürlich (in Erinnerung an Clovis), Abdou (falls er nicht schon die ganze Geschichte kannte), Cissé (weil er uns geholfen hat, aus Freundschaft und wegen Moustapha Koné), der Presse, O. Chiminh und X2N in Paris … Dann kann Mama es auch als erste erfahren. Ist sie nicht meine Frau in Dakar, ich meine die, die zu mir gehört, in meinen Gedanken?

«Ich warne dich gleich, Mama, es wird dir nicht gefallen. Meine Ausführungen werden unvollständig sein, aber das liegt in der Natur der Dinge.»

«Mach schon, rek», fordert sie mich auf, auf einmal ungeduldig. Sie will es wissen. Wie alle. Normal.

Also fange ich an.

«Das ist alles zugleich sehr einfach und sehr kompliziert …»

Ich denke einen Augenblick nach, um einen verständlichen Zusammenhang zu präsentieren, dann beginne ich von neuem. Mit folgenden Worten:

«Hakim Job, der Sohn von Mohammed Job …»

«Mit dem Alten hätten wir richtig abrechnen müssen», mault Pape dazwischen.

«… lebt in Flatbush, Brooklyn, New York City, Amiland. Er ist dick im Geschäft, arbeitet als Verantwortlicher für Westafrika – Senegal – bei Earth and Ocean, einem Unternehmen der Unterhaltungsbranche mit Firmensitz auf irgendeiner Karibikinsel: Die Verantwortlichen von Earth and Ocean investieren, wie man so schön sagt, große Geldsummen ins Showbusineß allgemein und in die senegalesischen Musiker im besonderen. Hakim Job hat das Geld aus den USA rübergebracht, in kleine Unternehmen gesteckt und es sich dann mit Gewalt wiedergeholt. Mit ziemlicher Sicherheit war es schmutziges Geld. Drogenhandel, Politik, Straßenraub, Handel mit Waffen, Frauen und Kindern … tja, eigentlich habe ich keine Ahnung, wo der Schotter genau herkam. Eine schmutzige Sache jedenfalls. Offiziell kümmerte sich Earth and Ocean um die Vermarktung von Künstlern, unterschrieb Verträge mit Unternehmen vor Ort, wie African Festival oder der Gruppe Total African Groove, die beide kurioserweise einen englischen Namen haben, aber das ist, glaube ich, eher Zufall …»

Pape hört einen Moment auf, seine Cola zu schlürfen. Er hat sich wohl endgültig dazu entschlossen, auch mal was zu sagen, und wirft ein:

«Die Schweine haben das Blaue vom Himmel versprochen, he, und das sah alles gut aus!»

«Sehr ernsthafte Absichten, sorgfältig vorbereitete Präsentationen, die sprichwörtliche amerikanische Effizienz ... alles Scheiße», rege ich mich auf.

«Sie waren bereit, fette Vorschüsse zu zahlen», führt Pape fort. «Natürlich um später um so fetter abzusahnen. Das war die Rolle von Hakim. Und ein Ami, Abdul-Rauf, hat ihn dabei unterstützt. Er war zuständig für die Sicherheit der Operation und die Überwachung des Gambiers. Denn Hakim stand im Ruf – zu Recht, wie wir ja wissen –, unkontrollierbar zu sein, ein Wahnsinniger, ein unheilbar krankes Hirn mit einem Hang zur Gewalt, degeneriert. Ein Psychotiker, manisch-hysterisch. Er war der Schlitzer, Hakim Job. Die Stärke Hakims? Er kannte die Gegend sehr gut und die Szene. Außerdem ist da sein Vater in Sérékounda, der fette Mohammed. Der fungiert als finanzielle Drehscheibe, bietet Unterschlupf, zahlt die Spesen aus ... Er ist die Bank, aber zugleich auch das logistische Hauptquartier. Die Männer, die für Hakim und Abdul-Rauf arbeiten, haben uns auch in Gambia zusammengeschlagen. Es ist Mohammed, der die Handlanger rekrutiert und organisiert.»

Soweit hat Mama alles verstanden.

«Aber was ist mit Clovis und Moustapha Koné passiert?» fragt sie.

Ich bestelle mir noch ein Flag mit Whisky.

«Klassisch. Stell ein paar Profiganoven ein paar engagierten Typen gegenüber, die mit Herz und Verstand bei der Sache sind: Da schlagen natürlich Funken, ganz klar. Clovis und Moustapha wollten diesen Herren weder irgendwelches Geld abgeben noch ihnen sonst einen Gefallen tun. Wofür hatten sie schließlich Verträge und alles. Druck, Erpressung, Drohungen ... aber Moustapha und Clovis wollten nicht nachgeben. Auf gar keinen Fall. Hakim Job und Abdoul-Rauf haben sie ermordet, weil sie kein Geld aus ihnen rausholen konnten, aber auch, um sie zum Schweigen zu bringen. Sie fürchteten, irgendwann würde einer reden. Hakim blickte längst nicht mehr durch, wußte schon nicht mehr, was er tat. Laurent Mamadi und Phil-I-Jay haben sie entführt, weil sie dachten, Clovis hätte ihnen was erzählt. In ihrer Panik dachten sie, alle möglichen Leute könnten von der Sache Wind bekommen haben, Abdou zum Beispiel. Dem haben sie gedroht, daß seiner Familie was passiert, haben ihn völlig eingeschüchtert, er sah sich schon als nächstes Opfer ... Laurent Mamadi und Phil-I-Jay waren jedenfalls gut als Geiseln für den Fall, daß doch etwas in der Zeitung stehen sollte.»

Ich brauche eine Atempause, Mama lauscht gebannt, Pape übernimmt.

«Dieses schreckliche Schicksal von Moustapha und Clovis! Dabei war die ganze Unternehmung von Anfang bis Ende eine einzige Katastrophe. Alles ging irgendwie schief, nichts klappte, sie fingen an zu töten. Das ließ Hakim dann wohl völlig überschnappen, er wurde nicht nur verrückt, er war ... jenseits!» Pape faßt sich an den Hals. «Und dann treten wir auf. Gabriel kommt aus Paris, zieht ins *Tringa*, Moustapha wird ermordet, und unsere kleine Untersuchung beginnt. Wir stellen uns einen Haufen Fragen. Zuerst verplempern wir ziemlich viel Zeit, dann finden wir doch die richtige Fährte. Cissé, der Barkeeper des *Tringa*, der als solcher auch hätte wissen können, was er nicht hätte wissen dürfen, und der natürlich totalen Schiß hat, daß Hakim ihn findet (alle wußten ja, daß Hakim jetzt völlig durchgeknallt war), Cissé also gibt uns einen Namen und eine Adresse in Gambia ... Und in Gambia geht dann die Verfolgung los ...»

«Und all die Dollars in dem Schuppen?» fragt mich Mama.

Auf der Bühne singen und tanzen die Brüder Kassé, sie sind so gut, und das *Miami* hebt fast ab. Ich fühle mich sicher. Das ist gut.

Ich antworte:

«Die Typen scheinen überall ‹investiert› zu haben, nicht nur in Musik, auch in alle möglichen anderen Geschäfte, Textilien, Erdnüsse, Brennstoffe ...»

«Die hatten an allem Interesse», fährt Pape fort. «Das wichtigste war zunächst, daß das Geld durch irgendein legales, angemeldetes Unternehmen hindurchlief. In einem Staat, der es nicht so genau nimmt mit der Finanzbuchhaltung und in dem sich auch die Polizei schnell zufriedengibt, da ist es nicht schwer, Geld zu waschen.»

«El Hadj Malick M'backé M'baye war eine Art Codename für ihre Gesellschaft, ein Briefkasten in M'backé, mit einem Maraboutnamen, um sich der Umgebung anzupassen», erkläre ich, um die Details bemüht. «Und mit Touba in der Nähe reinvestierten sie das Geld, das sie zusammengerafft hatten, in Unternehmen der heiligen Stadt. Die Firmen dort sind besonders dynamisch, jung, voller Ideen und mit hohem Kapitalbedarf.»

Ich genehmige mir noch einen kräftigen Zug Gazelle, um meine Stimmbänder zu befeuchten, dann fasse ich zusammen:

«Kurz, amerikanischer Kapitalismus in Reinkultur, skrupellos, mafios und wild. Überall verbieten sie in ihrem Land das Rauchen, aber gleichzeitig fördern sie den

Tabakexport. Die anderen vergiften, die ganze Welt, das machen die Amis am liebsten. Blut- und Dollarimperialismus, um die Welt zu ruinieren. Wie sie das machen, wissen wir alle auswendig, und trotzdem kann sie keiner aufhalten …»

«Geld hat eine verrückte Macht», sagt Pape.« *Das* ist der Grund für das ganze Elend!»

«Du wirst enttäuscht sein, Mama, aber jetzt, wo Hakim und Abdul-Rauf tot sind, haben wir keine Möglichkeit mehr, in der Hierarchie nach oben zu klettern und die verantwortlichen Schweine, sprich den Kopf der Struktur, zu erwischen. Wir können nur erklären, was passiert ist. Mehr wissen wir auch nicht. Earth and Ocean und seine Chefs sind wie ein Schatten, der von dort bis hierher reicht, ohne uns jemals zu berühren. Es ist fürchterlich …»

Ich fühle sie sehr deutlich und sehr unangenehm, diese absolute Machtlosigkeit. Ich treibe mich selbst in die Depression.

«Ihr Kapital hier haben wir aber immerhin zerstört», meint Pape optimistisch. «Die werden sich das künftig zweimal überlegen.»

«Ja, aber die Macht der USA setzt sich überall fest. Man darf sich nicht beeinflussen lassen, man muß sich ihnen widersetzen! Mit ihren eigenen Methoden!»

Wenn mir die schönsten postrevolutionären Reden in den Sinn kommen, bin ich nicht mehr zu halten. Ich sprenge alle Ketten.

Mama gelingt es, einen Satz einzuwerfen:

«Das sind wirklich Eroberer.»

Aber ich bin schon lange nicht mehr zu bremsen.

«Meine Rede! Der Fall der Berliner Mauer hat ihnen endgültig Tür und Tor geöffnet. Sie haben keine Gegner mehr, der Dollar ist die Weltwährung, und die ganze

Welt geht dafür auf den Strich. In Moskau prostituieren sich Fünfjährige für ein paar grüne Scheine! Ich sage euch, der Dollar wird uns eines Tages alle verschlingen!»

Pape und Mama sehen mich mit runden Augen an. Mein parapolitischer Anfall hat sie in Erstaunen versetzt. Schon wahr, daß meine Argumente Amerika kaum ins Wanken bringen werden – nicht mal leicht ins Zucken. Der Beweis? Die Verantwortlichen von Earth and Ocean bleiben namenlos, unbehelligt in ihrem Teil der Welt, und ärgern sich höchstens über den Verlust von ein paar Millionen. Und auch das nur vielleicht. Aber es ist mir scheißegal. Ich amüsiere mich! Wenn ich mit meinen neomarxistischen Analysen loslege, ist das ein gutes Zeichen: Ich bin in Bestform! Ja, ich finde wieder Geschmack an der Poesie und an was weiß ich sonst noch allem. Ich bin Pulp, und mein Auftrag ist einzigartig, das sollte man nicht vergessen.

15

NACH DREI TAGEN in der Dantec-Klinik in der Hauptstadt, wo wir ordentlich, aber ohne große Umstände behandelt werden, besuchen wir all unsere Bekannten in Dakar, verbringen natürlich einen Abend bei Cissé, erfahren das neueste von Laurent Mamadi und Phil-I-Jay – sie wollen so schnell wie möglich wieder auftreten –, dann fahren wir zu Coumba, um ihr von unseren Abenteuern zu berichten, aber sie ist noch nicht nach Dakar zurückgekehrt. Die Alte richtet uns aus, wir seien nach Saint-Louis eingeladen. Wir gönnen uns eine Woche wohlverdiente Erholung, Pape und ich ... Die berühmte Faidherbe-Brücke, wo sich der Fluß und der Ozean mischen, das beliebte Viertel von Sor, der Vogelpark, das Luftpostmuseum, wo man auch einiges über die Kolonialzeit erfährt, die Boxerlegende Battling Siki, dessen Kinder heute ein Hotel betreiben, und die alten, verfallenden Kolonialhäuser mit ihren Balkonen ... fast wie in New Orleans. Diesmal nehme ich Mama mit, und Pape kann nichts dagegen haben, denn unsere Mission ist beendet. Er ist sogar froh. Ein bißchen weibliche Gesellschaft kann nicht schaden. Nur hat Pape immer noch ein wenig Angst, daß ich ihn verheiraten will ...

Zurück in Dakar, geht es wieder um Dollars. Ja, wirklich. Pape gibt sein Geld aber ganz vernünftig aus. Er kauft einen Kühlschrank (mit Eisfach), zwei Deckenventilatoren, einen Mixer und zwei Paar Schafe, alles für seine Mutter, und für sich zehn Hemden, drei paar Schuhe und eine neue Matratze, eine elektronische Uhr für jeden seiner Brüder und für jeden seiner Cousins. Die schönste ist für seinen Vater. Seine Freunde vergißt er auch nicht, macht ihnen Geschenke – vor allem Kleider. Pape hat außerdem die hervorragende Idee, einige Dollars in eine private Telefonzentrale zu investieren, drei Kabinen, eine davon für international, und ein Fax. Telekommunikation! Das boomt total in Dakar. Außerdem kauft er sich eine Handvoll Taxis und heuert ein paar Chauffeure an. Auch nicht dumm. In Derklé, seinem Viertel, hat er jetzt den Spitznamen «American Express». Er findet das gut.

Ich kleide Mama neu ein – vom Scheitel bis zur Sohle, hülle sie in die teuersten afrikanischen Stoffe, die schwersten Gewänder. Wie selten kann man Geld gedankenlos ausgeben, so als ob es niemals versiegt. Jeden Abend essen wir in den besten Restaurants von Dakar – phantastische Restaurants! –, kosten die feinsten Soßen, die besten Fische und entwickeln langsam eine Vorliebe für die kapverdische Küche. Später geben wir uns dann die komplette Runde durch alle Bars und Discotheken, das

Thiossane, RK und natürlich das *Miami*. Wir laden unseren Freund Cissé ein und natürlich Abdou, der die Hölle langsam hinter sich läßt. Aber er ist um zehn Jahre gealtert.

Gegen fünf Uhr morgens enden wir in der *Boulangerie de Médina*, einer großen Brasserie, die vierundzwanzig Stunden geöffnet hat. Hier treffen sich die Nachtschwärmer und Partygänger von Dakar, um Kaffee oder Orangensaft zu trinken oder mit Heißhunger Mandelcroissants zu verschlingen. Oft gehen wir auch statt dessen ins *Tang-ana*, was wörtlich übersetzt soviel heißt wie ‹der Ort, an dem es heiß ist›. In einer Hütte am Ende eines Hofes, in der nur eine winzige Kerze brennt, serviert man uns einen kochendheißen Nescafé und belegte Brote. Wir genießen unser Frühstück, und Mama spricht folgende wahre Worte:

«Scheich Ahmadou Bamba hat euch das Leben gerettet, schon mehrmals: Er hat über euch gewacht, euch den richtigen Weg gezeigt.» Mama ist ganz und gar überzeugt.

Immer meine verdammte Ironie. Ich muß sie doch ein bißchen auf die Schippe nehmen.

«Hätte er es dann nicht so einrichten können, daß wir ein bißchen weniger Prügel abbekommen?»

Mama ist beleidigt. Ich mache ein lustiges Gesicht, Pape pfeift durch die Zähne, Abdou und Cissé tun, als hätten sie nichts gehört.

Ich gebe klein bei.

«Nein, ach was, ich bin der erste, der ihn anerkennt. Ohne die Kraft von Bamba wären wir nicht hier. Ich mach keine Witze, Mama, frag Pape!»

Mama weiß genau, was sie sagt, wenn sie von Sérigne Touba spricht. Sie kennt ihn, er lebt in ihr. Wie könnte ich also, tief in meinem Innern, die Anwesenheit von

Sérigne Touba nicht spüren – mal ganz abgesehen von den Abbildungen überall auf den Wänden –, seine Weisheit, seinen Sinn für Glauben und Gerechtigkeit?!?

«Es ist das Glück aller Senegalesen, um das es Mame Bamba geht, mit all seiner Kraft», sagt Mama. «Aber er will auch das Glück aller Menschen.»

Was sollte ich dem hinzufügen?

Pape wird wieder gesund. Langsam, aber sicher. Er kann schon wieder beten, auch wenn er noch immer Schmerzen hat, wenn er kniet oder sich bückt. Ich selbst erhole mich auch nicht schlecht. Ich bin eben zäh. Knochenhart und dickschädelig. Mein Glück.

Wir haben Zeit, Pape und ich. Wir trinken Ataya in den Höfen, überall, fünfzehn Runden pro Tag. Pape ist glücklich. Ich leihe ihm *La vie en spirale* mit den Worten, er solle auch mal über diese Philosophie nachdenken. Er nimmt das Buch, begeistert, er kennt es sowieso schon fast auswendig. Ich habe ihm Passagen daraus vorgelesen, in aller Ausführlichkeit und auch mal etwas gekürzt – auf unserer Reise. Pape schenkt mir einen kleinen Stock aus Ebenholz – das Symbol der Baay Falls. Ich werde ihn um den Hals tragen, hoffentlich verliere ich ihn nicht.

Ich habe meinen großen weißen Boubou, den Turban und meine Tchaya (sie ist nicht mehr zu retten, sagt Mama) zurückgelassen und trage wieder meine Nikes und meine Kappe der Utah Jazz. Auch ich bin vergiftet von Amerika.

Ich habe keine Ahnung, welcher Tag heute ist, welche Woche, welcher Monat. Wie lange bin ich schon im Senegal? Es ist zu schön. Immer ist Sommer. Aber jetzt muß ich zurück. Alle Wunden sind verheilt, außer denen, die niemals heilen. Auch das *Tringa wird* bald wieder auferstehen, wie Phönix aus der Asche. Auf zu neuen

Abenteuern! Und ich höre schon Moustapha Koné, der von den Toten zurückgekehrt ist, wie er mit seinem charmanten Lächeln um die Mundwinkel, seinem wirren Bart, den Dreadlocks und dem Hut zu uns spricht. Wirklich, sympathisch, echt und voller Leben. Wie er sich amüsiert: «Da hab ich euch aber drangekriegt, was?» Und dann redet er über Tourneen, Management, Unterhaltung, Produktionen, über Projekte zum Wohle der Künstler des Senegal, ja der ganzen Welt und über das endlose Vergnügen aller Musikliebhaber.

Der Senegal ist das schönste Land der Welt, ich denke es, ich sage es laut, ich rede ganz ernst darüber, und der Typ, der neben mir sitzt, muß mich für bekloppt halten. Das Flugzeug hebt ab, und ich verlasse die afrikanische Erde. Ich komme wieder.

16

DIE ANKUNFT HEUTE MORGEN in Roissy ist ein Schock. Die Wichser vom französischen Zoll nehmen mich nach Strich und Faden auseinander. Wo kommen Sie her? Und Sie haben nichts anzumelden? Sind Sie sicher? Und warum die Reise? Scheiße! Sie sehen mich an und halten mich für schuldig. Was soll ich getan haben? Ich weiß es nicht. Ich hasse es. Ich hasse Uniformen. Ich hasse Zöllner, ich hab sie schon immer gehaßt. Es dauert über zwei Stunden, dann bin ich sie los. Willkommen in Frankreich! Entzückend.

Von der ersten Telefonzelle rufe ich O. Chiminh an.

Wie durch ein Wunder habe ich ihn direkt an der Strippe.

Ich berichte die ganze Geschichte in zwei Sätzen. Was für ein Erfolg.

«Morgen komme ich ins Büro», sage ich, «und erzähle dir alles, bis ins kleinste Detail!»

«Äh, morgen, ja, also eigentlich, also ich fahre, ich bin eigentlich schon unterwegs nach Los Angeles, und Mittwoch nacht ziehe ich um. (Wahnsinn, du kannst dir gar nicht vorstellen, was das für ein Wahnsinn ist, so viel Papier!) Weil an dem Tag, also tagsüber, da hab ich drei Interviews, und davor muß ich noch eine Pressemitteilung redigieren ... Meine Frau und die Kinder fragen sich, ob ich überhaupt noch in Paris wohne. Sie sind jedesmal erstaunt, wenn sie mich zu Hause sehen. Du siehst... Es ist die reinste Katastrophe. Also, am 19. muß ich in New York sein, da treffe ich X2N, am 21. sind wir schon wieder weg. Dann müssen die Fahnen korrigiert sein, die Promo von meinem Buch läuft an, die Pilotshow fürs Fernsehen muß ich noch...»

«Ach so, na ja...»

In der Redaktion steht der Nebel sämtlicher Joints, die hier seit dem frühen Morgen abgefackelt wurden. Ich rieche es durch den Hörer. Im Hintergrund höre ich Professor Lu, den Trash-Poeten, ohne den das Magazin, der ohne das Magazin nichts wäre. Er zieht an einem Riesenjoint voll reinstem Gras, als ginge es um Leben oder Tod. Wie wird das Thema seiner nächsten Kolumne lauten? *Tod der Arbeit? Die totale Freiheit? Es lebe die Droge! Auf zum bewaffneten Umsturz ...?* Meine Geschichte wird ihm gefallen. Da bin ich mir ganz sicher.

«Hör zu», ruft O. Chiminh, speedy, noch schnell, «ich muß los. Schreib es einfach auf. 20000 Anschläge, für den nächsten Monat. Dazu bringen wir ein paar Fotos von X2N aus dem Senegal.»

O. Chiminh gehört zu den Leuten, die alle und jeden schreiben lassen würden. Er hat recht. Man muß die Talente rauskitzeln. Wo kommt man sonst hin?

Ich lege auf. 20000 Anschläge. Mal sehen. Warum nicht?

• • •

«Was für 'ne Scheiße geht denn hier ab?»

«Das sind Dollars, Raymond, gute Dollars.» Ich halte ihm zweitausend unter die Nase. «Ist für dich, für deine Mühe!»

Raymond kann es noch immer nicht fassen.

«???»

«Mann, du hältst mein Flugzeug am Leben, oder?» sage ich so natürlich wie möglich.

«Hast du in New York in der Lotterie gewonnen?»

«Voll daneben, ich komme gerade aus Afrika.»

«Aus Afrika?»

«Ja, aus dem Senegal.»

«Aus dem Senegal!»

«Ist ja gut, Raymond, du brauchst nicht alles zu wiederholen. Ja, ich bin gerade aus dem Senegal zurück – mit einem schönen Paket Dollars. Das ist doch mal was anderes, oder?»

Irgendwie habe ich den Eindruck, daß Raymond mir kein Wort glaubt, aber egal. Dollars sind schließlich auch Geld, echte Kohle, ein Haufen Moneten.

«Aber warum läßt du es nicht auf der Bank wechseln? Wär doch viel praktischer, oder?»

Ich antworte nicht.

«Okay, okay, was darf's denn heute sein, Kriechtier?»

«Wenn du die beiden 7,62-Millimeter-ShKAS-Maschinengewehre wieder an die Tragflächen anmontieren würdest, das wäre ganz nützlich.»

«Wäre es, wenn du fliegen könntest.»

Raymond macht mich fertig. Und es macht ihm Spaß.

«Paß auf, Alter, eines Tages werde ich mit der Polikarpov fliegen, und dann werde ich dich durchlöchern. Wie ein Sieb. Du wirst schon sehen.»

«Willst du dich umbringen, Kriechtier, oder was!?»

«Mich umbringen? Niemals, nie im Leben!»

Unter den spöttischen Blicken Raymonds streichele ich die Polikarpov. Ich bin ein freier Mensch. Oder etwa nicht?

• • •

Im *Pied de Porc* umringen mich gleich alle. Maria fällt auf, daß ich Farbe bekommen habe, und Gérard macht sich prompt darüber lustig, nennt mich «Club Med». Der alte Lucien kommt und umarmt mich.

«Wir haben gewonnen», lallt er, «gewonnen! 1 : 0 gegen Rapid Wien. Den haben wir, den Europapokal! Er gehört uns! Ist dir das klar, Pulp? Verrückt, was? Das ist der schönste Tag meines Lebens. Ich hab's ja immer gesagt ...»

«Und wer hat das Tor geschossen?» frage ich.

«N'gotty, in der vierundzwanzigsten Minute, ein Wahnsinnsknaller, ein Kanonenschlag», sagt Lucien und macht mir mit seinen alkoholisierten siebzig Jahren den Schuß vor. «Bumm!»

Der alte Lucien ist tief bewegt. Er hat für einen Sieg von PSG im Europapokal gelebt. Jetzt kann er in Frieden sterben. Mit dem Gedanken an den Sieg von Paris Saint-Germain ...

Draußen regnet es noch immer. Haben wir wirklich schon Mitte Mai ... oder doch noch Mitte November? Paris! Welcher Wahnsinnige hat mich hierhergezappt? Was soll's. Hier bin ich geboren, hier werde ich sterben. So ist das eben, das Leben.

Von Cheryl keine Neuigkeiten. Ich traue mich nicht in die Nähe des Friseursalons. Aber ich müßte eigentlich hin. Ich kenne sie, sie wird rasen vor Wut. Ich hatte versprochen, einen Monat wegzubleiben, jetzt sind es sechs.

Aber ich weiß, ich liebe sie, ich werde sie wiederfinden. Ich brauche nur ein wenig Zeit, etwas Geduld. Ich habe Lust auf Sex, in aller Freiheit, auf Phantasien von Reizwäsche, Leder und Spitzen. Lust auf Liebe eben, warum nicht …

Im *Pied de Porc* erzähle ich die Geschichte noch einmal von A bis Z, von Dakar bis Touba, über Gambia, Banjul und Sérékounda. Aber ich habe das Gefühl, daß mir keiner glaubt.

«Klingt ja ziemlich abenteuerlich», spottet Gérard vollmundig und lacht. «Hier, ich spendier dir 'n Bier.»

«Danke, Gérard, ich weiß das zu …»

Das Klingeln des Telefons unterbricht mich. Maria hebt ab.

«Pulp, für dich …»

Der Boden fängt an zu beben, die Leute in der Kneipe verändern sich, ihr Aussehen, ihre Laune, ihre Sprache und ihre Gesprächsthemen, hinter der großen Scheibe sehe ich den Ozean, die Straße ist verschwunden und ebenso die griesgrämigen Gesichter der Passanten, der graue Pariser Himmel tut sich auf, die glühendheiße Sonne tritt heraus. Ich sehe ein Gesicht, mit einem machtvollen Blick, dem man sich nicht …

«Scheich Ahmadou Bamba, Mame Bamba, Sérigne Touba?»

JIM PHELPS, Figur in der TV-Serie «Mission: Impossible»

ABASSE NDIONE, geboren 1946 in Bargny / Senegal, arbeitet als Pfleger im Hôpital de Dantec in Dakar und schreibt sowohl auf französisch als auch wolof (z. B. Kurzgeschichten). Sein Roman «La vie en spirale» wurde in Frankreich (auf Initiative von Lucio Mad) im selben Verlag herausgebracht, der auch die Pulp-Serie ediert.

RAYMOND CHANTÉ, geboren 1962, französischer «poéte B». Sein erstes Werk ist noch in Vorbereitung.

AIMÉ CÉSAIRE, geboren 1913 in Martinique, studierte zunächst in Paris an der Sorbonne und der École Normale Supérieure. Als afrokaribischer Dichter und Politiker (Abgeordneter der Assemblé Nationale) berühmt, umfaßt sein Werk sowohl belletristische als auch politische Schriften. In seinem Gedicht «Cahier d'un retour au pays natal» wird der Begriff der «Négritude» formuliert (1938). Er gründete auch die Zeitschrift «Tropique». Zusammen mit Gaston Monnerville und Léopold Sédar Senghor entstand «Commémoration du centenaire de l'abolition de l'esclavage». Auf deutsch ist derzeit lieferbar der Band «Gedichte».

NÉGRITUDE: Weltanschauliche Konzeption, die aus der Rückbesinnung von Afrikanern und Afroamerikanern auf afrikanische Kulturtraditionen erwachsen ist. Die kulturphilosophische, literarische und politische Bewegung entstand im Paris der dreißiger Jahre unter afrikanischen und afroamerikanischen Intellektuellen als Reaktion auf den Rassismus der Europäer und deren

Vorstellung eines geschichtslosen und kulturell bedeutungslosen Afrika.

Angeregt durch die ethnologischen Forschungsergebnisse, aber auch durch das wachsende Interesse bildender Künstler (z. B. Pablo Picasso) und Musiker für Afrika, wurde die Négritude als Gegenbewegung zur kulturellen Entfremdung der Menschen afrikanischer Abstammung entwickelt und war eng verbunden mit der Forderung nach kultureller und politischer Eigenständigkeit vor allem der französischen Kolonien Afrikas.

Bekannteste Vertreter der Négritude sind Aimé Césaire, Léopold Sédar Senghor sowie der guayanische Schriftsteller Léon-Gontran Damas (1912–1978), der als erster afrikanische Tanzrhythmen in seine Lyrik aufnahm. Wichtige Organe der Négritude waren die Zeitschriften «L'Étudiant noir» und «Présence africaine. Revue culturelle du monde noir».

LÉOPOLD SÉDAR SENGHOR, geboren 1906, Lyriker und Intellektueller, wurde erster Staatspräsident der Republik Senegal (1960–1980). Zusammen mit Aimé Césaire und Léon Damas gilt er als Begründer der «Négritude» und plädierte für die Verbindung europäischer und afrikanischer kultureller Werte. Ein erster Gedichtband «Chants d'ombre» (Schattenlieder) wurde in Frankreich 1945 veröffentlicht. Weitere Werke sind «Hosties noire» (1948), «Négritude und Humanismus» (1964) und «Liberté» (4 Bde., 1964–1983). 1968 erhielt er den Friedenspreis des Börsenvereins des Deutschen Buchhandels. 1983 wurde er als erster Schwarzafrikaner in die Académie Française aufgenommen. Auf Deutsch lieferbar sind derzeit: «Sterne auf der Nacht deiner Haut» und (gemeinsam mit Mohammed Talbi) «Dialog mit Afrika und dem Islam».

WOLE SOYINKA, geboren 1934, nigerianischer Schriftsteller. 1986 erhielt Soyinka als erster afrikanischer Schriftsteller den Nobelpreis für Literatur. Auf deutsch sind derzeit erhältlich: «Aké», «Diese Vergangenheit muß sich ihrer Gegenwart stellen», «Ibadan», «Isara» und «Der Mann ist tot».

CHINUA ACHEBE, geboren 1930, nigerianischer Schriftsteller. Auf deutsch ist derzeit erhältlich: «Ein Bild von Afrika: Rassismus in Conrads ‹Herz der Finsternis›», «Heimkehr in fremdes Land», «Ein Mann des Volkes», «Okonkwo oder das Alte stürzt», «Der Pfeil Gottes», «Things Fall Apart» und «Zwölf Gedichte».

OUSMANE SEMBÉNE, geboren 1923, senegalesischer Schrifsteller und Filmemacher. Er war Gründer und Herausgeber der ersten Zeitschrift für die senegalesische Sprache WOLOF. Seine Filme erhielten Sonderpreise in Cannes und Venedig. Auf deutsch sind derzeit erhältlich: «Le docker noir», «Gottes Holzstücke – Afrikanische Autoren», «Le Harmattan», «Niiwam und Voltaique», «Die Postanweisung» und «Weiße Genesis».

DEREK WALCOTT, geboren 1930 auf der Karibikinsel St. Lucia, lebt in den USA. 1992 erhielt er den Nobelpreis für Literatur. Auf deutsch sind derzeit erhältlich: «Erzählungen von den Inseln», «Das Königreich des Sternapfels» und «Omeros».

SONY LABOU TANSI, kongolesischer Schriftsteller (1947–95). Außer belletristischen Titeln «La vie et demie», «L'anté-peuple», «Les sept solitudes de Lorsa Lopez» etc. hat er auch Theaterstücke geschrieben sowie das «Rocado Zulu Théâtre» gegründet. Lieferbar auf deutsch sind derzeit: «Die heillose Verfassung» und «Verschlungenes Leben».

PROF. EMMANUELLE DONGALA, Schriftstellerin aus dem Kongo, geb. 1941, «Le feu des origines» (1988).

ALBERT LONDRES, geboren 1884, war Journalist und Begründer der großen Reportagen in Frankreich. 1932 kam er bei einem Schiffbruch ums Leben. «Terre d'Ébène» ist eine Reisebeschreibung durch den Senegal. Weitere Werke: «Pêcheurs de perles», «Les Forçats de la route», «Au bagne» etc. Verfügbar auf deutsch ist derzeit nur: «Ahasver ist angekommen. Eine Reise zu den Juden im Jahre 1929».

FELIX HOUPHOUËT-BOIGNY (1905–1993), war erster Staatspräsident der Elfenbeinküste (1960–1993).

TOURMALET: Der Col du Tourmalet ist mit 2114 m der höchste Paß der französischen Pyrenäen.

ABÉDI PELÉ spielt heute für den Al-Ain-Sport-Club / Vereinigte Arabische Emirate. 1860 München bekam für ihn gerade mal 900 000 Mark, gewechselt ist er am Ende der Saison 98.